북구에서
여의도까지
1318

지은이 박민식 **발행인** 김윤태 **발행처** 도서출판 선 **북디자인** 디자인이즈
등록번호 제15-201 **등록일자** 1995년 3월 27일
주소 서울시 종로구 종로오피스텔 1409호 **전화** 02-762-3335 **팩스** 02-762-3371

초판1쇄 발행 2012년 1월 7일
ISBN 978-89-6312-052-2 03810
값 10,000원

북구에서 여의도까지 1318

바 민 식

주마등같이 스쳐간 4년 남짓의 시간

이 책이 나오기 6개월 전, 『피해자를 위하여 울어라』라는 거창한 제목을 달아 한 권의 책을 내놓았습니다. 그리고 지금 다시 또 한 권의 책을 펴냈습니다.

이전에 책을 내면서 "책 쓰는 것조차 낯간지러워 하던 부산 사나이"라고 했던 게 마치 거짓말이 되어 버린 것 같아 스스로에게도 부끄럽습니다. 하지만 이 책은 굳이 남에게 읽혀지지 않더라도 18대가 가기 전에 제 스스로를 돌아볼 필요가 있다는 생각으로 적었습니다. 마치 새 옷으로 갈아입기 전에 낡은 옷들을 정리하듯 말입니다.

이 책의 제목을 『북구에서 여의도까지 1318』이라고 짓게 된 까닭은 제 국회의원 임기가 시작된 2008년 5월 30일부터 이 책을 세상에 내놓게 될 2012년 1월 7일까지 국회가 있는 여의도에서 그리고 부산 북구에서의 보고 듣고 느낀 점을 표현했기 때문입니다.

이전에 내놓은 책이 뚜렷한 목표의식을 일관성 있게 담아 낸 책이었다면, 이 책은 순간의 생각과 느낌을 간추려 적다보니 일관성도 없고, 주제도 제 각각입니다. 마치 일기와도 같다고 할까요.

하지만 남의 일기장을 훔쳐 읽으면서 느낄 수 있는 그런 재미는 없습니다. 정치인이라는 존재가 감정을 감추려는 자기보호 본능에 워낙 충실하고, 이야기하고자 하는 주제가 대체로 심각한 것들이 많기 때문입니다. 그렇다고 솔직하지 않다는 것은 아닙니다. 다만 쓰는 표현들이 상황을 리얼하게 그려낼 만큼 감정적이지 않다는 말씀을 드리는 것입니다.

이 책에 실은 글들 중에는 그 당시 적어놓았던 생각을 그대로 옮긴 것들과 함께, 어렵사리 기억을 되살려 적은 것들도 있습니다. 혹시 이 책을 읽으실 분들 중에는 그 기억이 맞지 않다고 하실 분이 계시다면, 사람의 기억이라는 것이 언제나 자신에게 유익한 것은 원문 그대로를 기억하고 불리한 것들은 자꾸만 가공하려는 성질이 있다는 점을 고려해서 읽어 주셨으면 하는 바람입니다.

내용에는 18대 초선 국회의원으로서 처음 느꼈던 감회, 현실 정치에서 갈등했던 모습들, 그 가운데 나는 무엇을 했는가의 소회와 더불어 사소한 몇 가지 기억들을 담았습니다. 기쁘고 밝은 이야기보다는 주로 반성과 후회 또는 아쉬움 등이 대부분이라 아쉽습니다.

달리 말하면 이 책은 저물어 가는 18대 국회의 부끄러운 기억들을 더듬은 흔적입니다. 그리고 반성의 거울이기도 합니다. 아마 지난 4년간 제가 완벽한 대한민국 국회의원으로 살아왔다든지, 지난 4년간 대한민국 정치가 진짜 민주주의의 모범을 보여줬다고 한다면, 절대 쓰여질 이유가 없는 책이었을 겁니다.

2011년 세밑 정치권에 불어온 반성과 쇄신의 바람이 19대 국회에 긍정적인 변화를 가져왔으면 하고 소망해 봅니다. 그리고 그 때 또 책을 쓸 기회가 주어진다면 그 책은 밝고 유쾌한 이야기들로 가득 찼으면 좋겠습니다.

감사합니다.

북구에서 여의도까지 1318 ' contents

\
불도저 검사에서
국회의원으로

불도저 검사, 검사 시절 어느 신문에서 내게 붙여 준 별명이었다. '법조브로커 김홍수 사건', '국정원 도청사건', '오일 게이트' 등을 수사하고, 고등법원 부장판사 구속, 후배 검사 구속, 거기다 사상 초유의 국정원장 구속까지, 그야말로 세상을 떠들썩하게 했던 사건들을 처리하다보니 붙여진 별명이었다.

그러던 검사 생활을 그만두고, 변호사 생활도 고작 1년 반 남짓 하다 "고향 북구를 확 바꿔보겠다"며 출마를 선언했다. 대체 뭘 얼마나 '확' 바꿔보려고 했던 것일까?

사실 지금은 여러 가지 사정으로 많이 쇠퇴하긴 했지만, 흔히 구포라고 불리고 있는 내 고향 부산 북구는 수로교통의 요지라는 여건을 바탕으로 대대로 상권이 발달해 왔던 곳이다.

일제강점기 때에는 전국에서도 드물게 일찌감치 철도가 개통되었고, 구포우체국은 부산 지역에서 부산과 동래에 이어 세 번째로 문을 연 우체국이었다. 은행도 마찬가지였다. 1909년 지역 유지 분들에 의해 설립된 구포은행은 서울을 포함해 전국에서 세 번째로 세워진 은행이자, 지방에서는 처음 설립된 은행이었다. 이 정도면 우리 고장이 요샛말로 얼마나 잘 나가던 동네인지 미루어 짐작할 수 있을 것이다.

국민일보

2006년 09월 07일 목요일 008 사회

"이제 옷 벗어야 할때"

조관행 구속한 서울지검 박민식검사 사표
도청사건 등 대형사건 주도 '불도저' 명성

법조브로커 김흥수씨 사건의 주임검사를 맡아 조관행 전 고법부장판사와 김영광 전 검사 등을 구속했던 서울중앙지검 특수1부 박민식(41·사시 35회·사진) 검사가 사표를 내고 검찰을 떠나게 됐다. 박 검사는 김흥수 사건뿐만 아니라 국정원 도청사건, 오얼게이트 등 대형사건 수사의 장애를 특유의 뚝심으로 돌파해 '불도저 검사'란 명성을 얻었다.

박 검사는 6일 "검찰에서 죄를 많이 쌓았다. 이제 옷을 벗어야할 때인 것 같다"며 "최근 사표를 냈으니 10여일 안에 수리될 것으로 안다"고 말했다.

그는 브로커 김흥수씨 사건을 수사하면서 법조계 대선배인 조관행 전 부장판사와 3년 후배인 김영광 전 검사를 구속수사하면서 심적 고통에 시달린 것으로 전해졌다.

실제 그는 몇달 사이 몸무게가 6kg 줄었고, 건강도 악화돼 수시로 간이침대에서 쉬어야할 정도였다고 한다.

그는 이 사건 이전부터 체구는 크지 않지만 저돌적인 특수부 검사로 정평이 나 있었다. 1988년 외무고시 합격후 외교부 사무관으로 근무하던 그는 1993년 사법고시에 합격해 검사생활을 시작했다.

2004년 서울중앙지검에 부임한 박 검사는 오얼게이트 수사에 이어 국정원 도청사건 주임검사로 투입돼 임동원 신건 두 원장을 기소했다. 그러나 지난해 11월 이수일 전 국정원 차장이 자살하자 큰 충격을 받고 사표를 내려했다.

하지만 밀린 업무가 많고 주위의 만류도 심해 사표를 늦춘 것으로 전해졌다. 박 검사는 고향인 부산에 홀어머니가 있고 가족 전체가 경제적으로 어려운 상황도 사표의 배경으로 작용했다는 후문이다.

그는 이수일 차장 죽음의 충격이 여전한 듯 "제가 죄를 많이 지어서 …. 여러 가지가 얽혀 조여오니까 더 버틸 수가 없더라"며 한숨을 쉬었다. 그는 "세상이 넓으니까 나가서 좋은 일을 많이 해야겠다"고 말했다.

김현웅 특수1부장은 "검찰이 정말 놓치기 싫은 검사였는데 건강이나 경제적 사정이 모두 좋지 않으니 안타까울 뿐이다"고 말했다.

강주화 기자 rula@kmib.co.kr

그랬던 북구가 언제부터인지 몰라도 계속 정체되고 뒤처지기 시작했다. 한 해 두 해 조금씩 벌어져 온 지역 간 격차, 특히 동부산권과 서부산권의 차이는 언제부터인가 더 이상 따라잡을 수 없는 것이 아닌가라고 생각할 정도로 너무나 커져 버렸다. 솔직히 나가기는커녕 뒷걸음질 쳤다는 표현이 맞을 정도로 지

역의 상황은 좋지 않았다.

또한 북구의 역사가 짧지 않음에도 불구하고 북구 출신의 국회의원이 한 명도 없었던 것도 북구가 다른 지역에 비해 낙후된 이유가 아닌가 하는 생각이 들었다. 아무리 능력이 뛰어난다고 한들, 애정 담긴 진심에서 나오는 힘만 할까?

비록 정치경험은 일천하지만 내 부모와 형제가 살고 있는 내 고향에 대한 애정만큼은 확실했다. '불도저 검사'라는 별명을 얻을 만큼 남에게 뒤지지 않는다고 자부하는 뚝심과 끈기가 있었다. 결국 내가 어떻게 마음을 먹고, 얼마나 열심히 하느냐에 따라서 북구를 '확' 바꿀 수 있지 않을까 하는 자신감으로 출마를 결심했다.

그리고 내 고향 북구를 대표하는 18대 국회의원이라는 영예로움을 얻게 되었다. 많은 분들의 성원과 응원 덕택이었다. "부모를 모시는 자식마냥 열심히 할 테니 뽑아 주세요"라는 의미로 자칭 '북구의 아들'이라고 부르고 다녔는데, 진짜로 모실 수 있는 기회가 주어지게 된 것이다. 아직도 그 때의 고마움과 감격은 잊을 수 없는 감동으로 남아있다.

아주 특별한 현충일

현충원을 찾았습니다.
머나먼 월남에서 돌아가신 아버지를 기리기 위해
매년 찾은 현충원

36년 전, 아버지가 그러했던 것처럼,
저 또한 이 나라와 국민을 위해
뭔가 조그만 흔적이라도 남겨야 되지 않는가 하는 마음으로
국회의원을 막 시작한 즈음

올해는 그 어느 해보다 감회가 새롭기만 합니다.

많은 분들의 성원과 지지,

그리고 기대와 희망을 양 어깨에 짊어진
대한민국 국회의원으로서
아버지와 국가를 위해 희생한 여러분들 앞에서 다짐합니다.

자신이 아닌, 남을 위해,
그리고 국가를 위해 당신의 목숨마저도 바치신
아버지를 비롯한 여기 잠드신 많은 분들의
헌신적인 희생이 남긴 가르침들, 잊지 않겠습니다.

언제까지나 기억하고 되새기겠습니다.
지켜봐 주십시오.

아버지, 사랑합니다.

〈2008년 6월 6일 당신의 사랑하는 아들이〉

철없는(?) 초선

2008년 5월 30일, 4년간의 국회의원 임기가 시작되는 날이었다. 그로부터 7일 후인 6월 5일은 국회법상 집회하도록 되어 있는 날이었다. 하지만, 그날 국회는 열리지 않았다. 미국산 쇠고기 수입문제로 야당 측에서 개원을 무기한 연기하기로 했기 때문이었다. 지난 15대 국회 때, 야당이 총선 부정선거 의혹을 제기하며 원 구성을 거부한 이래로 처음이었다.

말도 많고 탈도 많은 18대 국회는 그렇게 개회 첫날부터 법을 어겼다.

한마디로 입법기관이 법을 어긴 셈인데, 그 누구도 심각하게 받아들이지 않았다. 국회에선 "국회가 입법기관이지 준법기관이냐"라는 말이 아무렇지 않게 나돌 정도였다. 엄중히 이야기하면 헌법 정지사태인데, 그런 건 정치판에서 속된 말로 씨도

안 먹히는 얘기였다.

그런 줄도 모르고 철없는(?) 초선이었던 나는 그날, 첫 국회 등원에 마음 설레며 사무실에 앉아 글을 적었다. 현실정치는 내게 이렇게 다가 왔다.

대한민국 국민을 위한 저의 약속,
이제 오늘로 그 실천의 시작에 섰습니다.

지켜봐 주십시오.
선거 기간 동안 많은 분이 보내 주셨던 뜨거운 성원과 지지,
이제 올바른 길로 나가기 위한 귀한 가르침으로 삼겠습니다.

검사와 변호사 시절,
제 가치관의 최우선은 정의(正義)였습니다.
정의를 위해 제 모든 것을 바치는 것이
최선(最善)이라고 믿어 왔습니다.
법 앞에서 모든 이가 평등하다는 신념을 지키려고
노력했습니다.

이제 저는 18대 국회의원으로서
신념에 더 큰 책임을 스스로 지려고 합니다.
정의를 지키는 것보다

올바른 정의를 세우는 것이 더 중요하다고 믿고,
국민 모두가 옳다고 믿는 모두의 정의를
만들어 가고자 합니다.

앞으로 제겐 지금보다 더 큰 책임과 임무,
그리고 역할이 주어질 것입니다.
초심을 지키고, 그 위에 국민의 마음을 잇겠습니다.
그리고 국민이 제게 준, 책임과 임무, 그리고 역할을 위해
제가 가진 모든 힘과 지혜를 다하겠습니다.

거만한 여의도 정치인이 아닌,
현장에서 국민의 목소리를 듣고 실천하는
정치인의 길을 가겠습니다.

국민의 아픔과 눈물을 딛는 정치인이 아닌,
단 한 번이라도 진실과 감동의 눈물을 함께하는
정치인의 길을 가겠습니다.

박민식의 새로운 시작에
여러분의 더 큰 관심, 그리고 성원을 부탁드립니다.
감사합니다. 그리고 사랑합니다.

〈2008년 6월 5일 박민식〉

국회의원이 되고 나니,
슈퍼맨이 되라하네

7월 11일, 기다리던(?) 국회가 드디어 열렸다. 하지만 막상 개원을 하고 나니 원(院) 구성 문제가 기다리고 있었다. 그 후에 장관 후보자 자질문제까지, 그야말로 첩첩산중이었다.

시간을 그렇게 허비하고 나니, 회의 쫓아다니기도 버거울 정도로 일할 시간이 없었다. 새로운 아이디어 구상 같은 건 할 수 없을 지경이었다.

고민하는 시간조차 사치로 여겨졌던 18대 국회의 첫해는 그렇게 흘러갔다. 2008년 11월, 국정감사가 끝날 무렵 몇몇 여야 초선 의원들과 함께 모여 시사주간지와 인터뷰를 했다. 그 때 주제가 18대 국회 첫해에 대한 소회였는데, 내 멘트가 그 인터뷰 기사의 제목이 되었다. 인터뷰를 진행했던 기자에게도 상당히 인상 깊었던 말이었던 모양이다.

국회의원에 대한 국민의 요구는 상당한데도 신뢰는 매우 약하다고 나온다. 정치 영역에 뜻하지 않게 들어왔는데 의원들 정말 무지하게 바쁘더라. 곰곰이 생각해 보면 슈퍼맨을 요구하고 있는 것 같다. 국회 법사위·예결위·독도특위 간사를 맡고 있고, 당에서도 제1 정조위와 인권위에서 활동을 하고 있다. 그러다가 주말이 되면 지역구에도 내려가야 한다. 그 많은 당직이나 상임위 활동을 하려면 공부를 해야 하는데 쉽지가 않다. 예를 들어 예결위 국정감사의 경우 하루 이틀 사이 급하게 공부해서 2~30년 현장 경험이 있는 장관들에게 제대로 질의를 할 수 있겠는가? 국민을 대변할 수 있겠는가? 이 문제를 의원 한 명에게 책임을 물을 것이 아니라 제도적으로 보완을 해야 한다. 지금 제도로는 모든 의원들에게 슈퍼맨, 슈퍼우먼이 되기를 요구해야

한다. 그렇게 따라가려다 보면 원하든 원하지 않든 내실이 없어
질 가능성이 크다.

국회는 행정부 견제 기능을 해야 한다. 그런데 제대로 견제하려
면 '무기 대등의 원칙'이 있어야 한다. 행정부가 갖고 있는 무기
는 첨단인데 국회가 가진 무기는 구석기 수준이다. 국회의원 혼
자서 아무리 열심히 한다고 될 일이 아니다. 60년 전이나 지금
이나 똑같다.

(행정부를 견제하기 위해선) 국회법에 감사청구제도가 있는데 여기
에 무게를 실어 주는 것도 하나의 방안이다. 이 경우 감사원의
전문감사인력을 간접적으로 활용할 수 있다.

(국정감사는) 초선으로서 첫 경험인데 상당히 아쉽다. 무엇보다
시간이 짧았다. 여러 준비를 했는데 여야가 티격태격하면서 그
나마 짧은 시간도 다 사용하지 못하는 경우가 많았다. 질적으로
도 심층적인 면이 부족했다.

국정감사는 의원을 매개로 국민과 국가기관이 1년에 한 번 대화
하는 자리다. 정말 소중한 시간이다. 많은 경우 그 소중한 시간
에 여야가 싸우니까 국민이 짜증을 내는 것이다. 의원의 잘못도
있지만 언론의 책임도 있다. 정책적 질의를 하면 조명을 못 받
는다. 언론에서 조명을 받으려면 이슈화한 문제를 두고 치고받

고 해야 한다. (내실 있는 정책질의를 이끌어 내려면) 언론도 정책적으로 내실 있는 질의에 초점을 맞추어야 한다.

(정당정치와 관련해서는) 밖에서 볼 때는 정당이 일사불란하게 움직인다고 생각했는데 의외로 의원 개개인의 정치적 스펙트럼이 넓더라. 결국 다양한 의견이 있을 것이고, 그렇기 때문에 당론을 결집하는 과정이 더욱 중요하다.

(의원 모임 활성화와 관련해선) 정치 계보 어디에도 속해 있지 않다. 언젠가는 당파적인 모임에 참여하겠지만 지금은 정책적인 모임이 좋다. 외부에서는 정치 모임에 관심이 많고 정책 모임에는 별로 관심이 없는 것 같다. 그러다 보니 정책 모임의 90% 가량이 활성화가 안 된다고 한다. 여야 정당을 떠나서 국가의 비전을 놓고 머리를 맞대고 고민하는 모임이 있다면 참여하고 싶다.

『시사저널』 (2008년 11월 5일자) 인터뷰 중

국회의원들이 할 일이 너무 많다. 국정감사의 경우 하루 이틀 공부해서 20~30년 된 빼빼항 장관들에게 제대로 질문을 할 수 있겠나. 제도적인 보완이 필요하다.

박민식 의원

보좌관 수가 턱없이 부족하다. 미국 상원의원은 50여 명의 보좌진을 두고 있다. 전문가 그룹이 국회에 많이 들어와 전문적인 생산 능력을 갖도록 해야 한다.

박선영 의원

2009. 國

2009. 1

釜山高等·釜山·蔚

의원님 눈에서
레이저 나오는 거 같아요

국회에서는 모든 상임위 회의를 방송으로 중계한다. 설령 외부로 나가지 않더라도 각각의 채널이 있어 내부적으로는 보인다. 그러다 보니 옷차림새나 표정, 말투 등도 신경이 쓰일 수밖에 없다. 나 같은 경우는 특히 말투가 신경이 쓰였다. 고향이 부산이다 보니 사투리는 당연히 쓰는 거였지만 평소 아무렇지도 않게 발음하던 단어조차도 신경에 거슬렸다.

그런데 사람들은 내 말투보다 표정을 더 많이 지적했다. 집중을 하다 보면 나도 모르게 눈을 동그랗게 뜨게 되는데, 사람들 눈에는 다른 의원들보다 도드라져 보이는 모양이었다. 어떤 사람은 귀엽다고 말하는데, 대부분의 사람들은 날카롭게 보인다고 지적했다. 거기에 검사라는 내 전직까지 알고 있는 사람은 일종

의 편견을 섞어 꼭 그 모양새가 피의자를 심문하는 듯 하다고까지 이야기했다. 좀 억울하기도 했지만 관심이려니 생각했다.

국정감사가 한창이던 어느 날, 회의장에서 돌아오던 길에 그날 질의를 심각하게 한 듯해서 보좌관에게 "내가 오늘 너무 세게 했나?"라고 물었더니, 그 보좌관 하는 말이, "의원님, 다른 사람들이 의원님 눈에서 레이저가 나오는 거 같다고 합니다"이었다.

열심히 준비한 덕인지, 눈에서 레이저를 쏘는 독특한 기술(?) 덕택인지 몰라도 사람들은 내 문제제기나 질의가 날카롭다고들 한다. 그게 어필이 되어서일까? 법제사법위원회, 지식경제위원회 두 곳의 상임위를 옮겨 다녔음에도 불구하고, 4년 연속 시민단체가 선정한 우수국감의원으로 뽑히는 영예도 얻었다.

모습만이라도 열심히 하는 의원으로 비춰진다면, 계속 레이저를 쏘는 그런 국회의원이 되고 싶다.

대법원, 감사원과 싸우는
박민식

18대 국회 첫 상임위는 법제사법위원회로 배정받았다. 당초 교육과학위원회를 희망했지만, 당에서 내 전공 분야(?)라는 이유로 그쪽으로 배정했다.

언론에서 자꾸 정치권의 못난 모습만 부각시켜서 그렇지, 국정감사 때만큼은 여야 할 것 없이 정말 열심히 일한다는 느낌을 받았다. 정부의 잘못을 제대로 짚어내고, 올바른 시정요구를 하기 위해 밤새 자료를 만들고 검토하는 모습을 보면서 그 열정과 노력은 대단하다 못해 치열하다. 나 또한 전공 분야로 인정받은 곳에서 "남보다 잘했으면 잘했지, 못한다는 소리는 듣지 말아야겠다"라는 다짐으로 밤늦게까지 최선을 다했다.

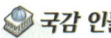

부산일보

2008년 10월 15일 수요일 006면 종합

국감 인물

'법원 전산화' 수의계약 추궁 올인

■ 대법원·감사원과 싸우는 한나라 박민식 의원

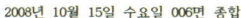

"이거 또 전투력을 상승시키는 군."

국회 법제사법위원회 소속 한나라당 박민식 의원(부산 북·강서갑)은 국정감사장을 나서며 이렇게 중얼거렸다. 지난 9월부터 대법원의 전산화 사업 특혜 의혹을 제기했던 그는 이번 국감에서도 이 문제를 집중 추궁하는 중. 그러나 감사원과 대법원이 의혹을 거듭 부인하자 '전의'를 불태우며 추가 증거 확보에 열을 올리고 있다.

박 의원의 '전투'가 시작된 것은

대법원의 결산 심사에서 1천억원대의 전산화 사업이 수의계약으로 체결돼 감사원의 지적을 받은 사실을 알고부터다. 이후 그는 전산화 사업에서 핵심 역할을 한 회사에 대법원 퇴직자들이 대거 이사로 등록된 사실을 밝혀냈다.

검사시절 유사한 사건을 수사했던 경험이 있는 박 의원은 대법원 직원들이 납품회사의 경비로 해외여행을 한 사실 등을 폭로하며 대법원을 압박했다. 국회 예결위에서도 여야 합

의로 그가 요구한 정부 정보화 사업 감사청구안을 받아들였다.

그러나 대법원과 감사원은 사업의 특수성 때문에 수의계약을 했다는 내용의 반박 자료를 내며 특혜 의혹을 부정하고 있다. 박 의원에게도 법조계의 지인들을 통해 대법원 측의 불편한 심기가 전달되고 있다.

박 의원은 그러나 "신경쓰지 않는다"는 반응이다. 검사시절 사법부 역사상 처음으로 현직 고법 부장판사를 구속하기도 했던 그는 "앞으로도 계속 이 문제를 파헤치겠다"는 입장. 오는 21일 대법원 국감에서 특혜 의혹을 집중 추궁하고 24일 결산감사에서는 감사원에 검찰 수사의뢰를 요청할 예정이다.

김홍우 기자 kjongwoo@

남보다 못하다는 소리가 듣기 싫어 너무 열심히 해서일까? 국정감사가 한창이던 어느 날, 일간지에 보니 "대법원, 감사원과 싸우는 박민식"이라는 제목의 기사가 났다. 내용이 사실관계와 다를 바는 없었지만, 부끄럽기도 부담스럽기도 했다. 한편으로는 '내가 너무 세게 했나'라는 생각도 들었다. 아무튼 국정감사를 열심히 한 죄로, 대법원·감사원과 싸우는 무시무시한 초선이라는 누명(?)까지 쓰게 되었다.

"이거 또 전투력을 상승시키는군!"

국회 법제사법위원회 소속 한나라당 박민식 의원(부산 북·강서갑)은 국정감사장을 나서며 이렇게 중얼거렸다. 지난 9월부터 대법원의 전산화 사업 특혜 의혹을 제기했던 그는 이번 국감에서도 이 문제를 집중 추궁하는 중. 그러나 감사원과 대법원이 의혹을 거듭 부인하자 '전의'를 불태우며 추가 증거 확보에

열을 올리고 있다.

박 의원의 '전투'가 시작된 것은 대법원의 결산심사에서 1천억 원대의 전산화 사업이 수의계약으로 체결돼 감사원의 지적을 받은 사실을 알고부터다. 이후 그는 전산화 사업에서 핵심 역할을 한 회사에 대법원 퇴직자들이 대거 이사로 등록된 사실을 밝혀냈다.

검사 시절 유사한 사건을 수사했던 경험이 있는 박 의원은 대법원 직원들이 납품회사의 경비로 해외여행을 한 사실 등을 폭로하며 대법원을 압박했다. 국회 예결위에서도 여야 합의로 그가 요구한 정부 정보화 사업 감사청구안을 받아들였다.

그러나 대법원과 감사원은 사업의 특수성 때문에 수의계약을 했다는 내용의 반박 자료를 내며 특혜 의혹을 부정하고 있다. 박 의원에게도 법조계의 지인들을 통해 대법원 측의 불편한 심기가 전달되고 있다.

박 의원은 그러나 "신경 쓰지 않는다"는 반응이다. 검사 시절 사법부 역사상 처음으로 현직 고법 부장판사를 구속하기도 했던 그는 "앞으로도 계속 이 문제를 파헤치겠다"는 입장. 오는 21일 대법원 국감에서 특혜 의혹을 집중 추궁하고 24일 결산 감사에서는 감사원에 검찰 수사의뢰를 요청할 예정이다.

『부산일보』 (2008년 10월 15일자)

재벌총수는 사면의 달인

"법은 만인에게 평등해야 하는 것임에도 불구하고, 여러 가지 이유로 법이 사람에 따라 적용이 달라진다면 국가가 국민들에게 어떻게 준법을 요구할 수 있습니까? 이제 차제에 유전무죄, 무전유죄라는 말이 전설 속에 남아 있도록 해야 하고, 앞서 지적한 7가지 비책도 진실이 아닌 세간에 떠도는 속설로 남길 바랍니다."

마스크를 쓴 채 잔뜩 초췌해 휠체어 타고 수사 받으러 가는 재벌의 모습은, 재벌 관련 비리라든지 사건이 불거져 나올 때면 어김없이 TV 뉴스에서 볼 수 있는 장면이다.

2008년 법무부 국정감사 당시 지적했던 '회장님 구하기 7대 비

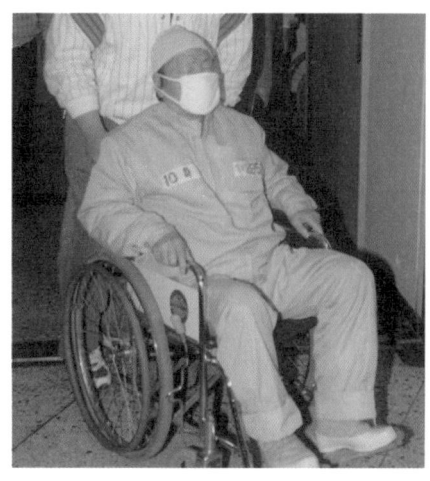

책'은 바로 사법처리 과정에 대응하는 소위 '있는 자'들의 행태에 대한 비판이었다.

행태를 보면, " ①끌면서 무마하라 ②불구속 수사를 요구하라 ③영장을 기각시켜라 ④집행유예를 받아내라 ⑤법정구속만은 피하라 ⑥구속집행정지 또는 형집행정지를 노려라 ⑦사면을 노려라" 등 이렇게 7가지인데, 마스크를 쓴 채 휠체어를 타고 나타나는 모습은 6번에 속하는 셈이다. 소위 유전무죄(有錢無罪) 무전유죄(無錢有罪)가 '눈 가리고 아웅' 식으로 우리 사회에서 자행되고 있는 셈이었다.

법은 모든 사람에게 평등해야 함에도 불구하고, 사람에 따라

여러 이유로 달리 적용된다면 국가가 국민들에 준법을 요구할 수 없는 일이다. 이것은 '정의'의 문제가 아니라 '상식'의 문제이다.

당시 나는 법무부장관에게 "차제에 사법당국이 국민의 입장에서 공정한 법집행에 앞장서 유전무죄, 무전유죄라는 말이 전설 속에만 남도록 하고, 7가지 비책도 진실이 아닌 세간에 떠도는 속설로 남게 하길 바란다"고 당부의 말을 남겼는데, 그것이 과연 제대로 지켜질지는 앞으로도 더 지켜봐야 할 일인 것 같다.

밤새 근무해도
한 시간에 667원?

"제일 고생하는 경찰관들, 검찰 수사관들 밤에 한숨도 못 자는 사람들 평일 1만 원입니다. 이거 정말 제가 볼 때는 잘못된 거 아닙니까?"

2008년, 2009년 두 해에 걸쳐 예산결산특별위원회 위원으로 선정됐다. 정부예산에 대한 심의는 국회의 주요한 권한 중 하나이고, 예산결산특별위원회는 소관 상임위뿐만 아니라 전 부처의 예산을 모두 심의하기 때문에 특히나 권한이 막강하다.

전 부처 예산을 심의한다는 것은 곧 정부 예산을 보는 시야가 넓어진다는 의미와도 같다. 또한 국무위원들로부터 책임 있는 답변을 얻어낼 수 있기 때문에, 말 한 마디 한 마디가 다른 의원들보다 더 위력이 있다.

　처음 예결위원이 되었을 때는 정부 예산안을 무조건 많이 깎는 것이 국민의 혈세를 소중히 쓰는 것이라고 생각했는데, 실상을 보니 그게 아니었다. 깎는 것보다 예산이 적재적소에 쓰일 수 있도록 정책적 방향을 바로잡는 것이 더 어렵고 중요한 일이었다.

　범죄피해자구조 예산이 그랬다. 당시 한 해에 범죄자로부터 거두어들인 벌과금은 1조 5,000억 원에 이르렀다. 그러나 범죄피해자를 위해 쓰이는 돈은 고작 37억 원에 불과했다. 국가가 범죄를 제대로 예방하지 못해 피해가 발생했는데, 피해자를 위해 쓰이는 것도 그 중 고작 0.2%에 불과하다는 것은 상식적으로 말이 안 되는 것이었다. 더욱 모순인 것은 피해자에 대한 지원

은 미미한 것에 비해 범죄자 관리를 위해서는 2,000억 원이 넘는 돈을 쓴다는 점이었다. 이를 바로잡기 위해 재정당국과 지루한 논쟁과 힘겨루기 끝에 얻어낸 결실이 '범죄피해자보호기금'이었다.

일선 수사관의 당직비도 문제였다. 2007년부터 부처별로 당직비 지급이 자율화되었음에도 불구하고, 일선 경찰이나 검찰 수사관 등의 당직비는 늘 제자리였다. 인원이 많고, 정부 예산 중 경상적 경비를 계속 줄여가는 추세에 있기 때문에 불가능하다는 게 이유였지만, 15시간 이상을 밤새 근무하고도 받아가는 돈이 시간당 고작 667원으로, 다 합쳐봤자 1만 원에 불과하다는 것은 매우 잘못된 일이었다. 그것은 바로 국민의 안전과 가장 맞닿아 있는 사람들의 사기와도 직결된 문제였기 때문이다.

결국 많은 분들이 함께 애쓴 덕에 경찰관 당직비는 2만 원으로 인상되었다. 하지만, 현실화라고 표현하기엔 부족한 점이 있다. 국민들에게 보다 나은 치안 서비스를 제공하기 위해서라도 이러한 부분들은 국회에서 반드시 지속적인 관심과 노력을 보여 줄 필요가 있다.

사상 초유의 정전대란,
사람만 바꿔서 될 일인가

다른 해도 그랬을까? 18대 하반기에 지식경제위원회로 상임위원회를 옮기고 나서 국민을 불안케 한 사건·사고가 하필 국정감사 즈음에 유난히 많이 발생했다.

서울 행당동 CNG 버스 폭발은 2010년 국정감사 바로 직전, 그리고 사상 초유의 전국적 정전사태는 2011년 국정감사 하루 전에 일어났다. 유사 석유 주유소 폭발 사고는 심지어 국정감사가 한창이던 중에 두 차례나 발생했다.

정전사태의 경우, 무사안일(無事安逸)한 대응이 불러온 인재임이 드러났다. 정전대란이 인재라는 사실을 밝혀내는 것은 쉽지 않은 일이었다. 관계기관은 이상고온으로 인한 전력량 급증으로 도저히 어찌할 수 없는 상황이었다고 몰아가고 있었고, 관계

기관과 위원들 간의 줄다리기가 이어졌다. 조목조목 짚어가며, 추궁하지 않는다면 결국 나중에도 이러한 일들이 반복될 것이 뻔했다.

이러한 사태에 대비한 매뉴얼은 있었는지, 사안의 위급함을 인지한 것은 언제부터인지 그리고 대응은 적절했는지 다방면으로 조사했다. 보내 주는 자료만 믿어서는 안 될 일이었기 때문에 직접 발로 뛰며, 여기저기에 물어보기도 했다. 결국, 전력거래소 이사장이 위급 상황임에도 불구하고 점심식사를 빌미로 자리를 비웠고, 위기 상황을 예견 가능했었음에도 제대로 대응하지 못했던 점 등을 밝혀냈다.

이 일로 인해 지식경제부장관, 전력거래소 이사장 등이 자리에서 물러났다. 그 분들이 책임 있는 자리에 있긴 했지만 안타까움을 금할 수가 없었다. 솔직히 사람을 바꾼다고 해서 잘못된

시스템과 인식이 바뀌는 것이 아니기 때문이었다.

　정전대란은 탁상행정식의 행정보다는 부처 간에 보다 긴밀하게 협조함으로써 보다 촘촘한 사회안전망 구축이 우리 사회에 얼마나 절실한지 보여 준 계기가 되었다.

일본의 독도 망언을
잠재우지 못하는 까닭은
조용한 외교 때문?

"러시아 대통령은 일본과 영토분쟁을 빚고 있는 쿠릴열도를
방문했는데 우리 대통령은 독도에 방문한 적이 없습니다. 우
리 대통령도 독도를 방문해야 합니다."

독도영토수호대책특별위원회, 일명 독도특위는 상임위는 아
니지만 거의 준 상임위 수준으로 유지되어 오고 있다. 2008년
10월에 신설된 이후로 아직까지 활동을 계속해 오고 있기 때문
이다.

18대 초 한·중·일 차세대 지도자 포럼 모임에 한국 국회의
원 대표로 선정되어 각국 대표와 함께 한·중·일 3국을 순방하
며, 토론한 적이 있었다. 그 때, 그 자리에서 "국익을 추구하는
데 있어 분명히 넘어서는 안 되는 '역사적인 진실'이라는 금도가

있다"라는 말을 했다.

독도가 우리 땅이라는 것은 바로 그 역사적인 진실에 해당되는 것이다.

독도특위 활동을 하면서 국회차원에서 여러 가지 대책도 내놓고 현안에 대해 토론도 했지만, 일본이 독도를 자기네 영토라고 우길 수 없을 만큼 확실한 대안을 내놓지 못한 점은 아쉽다.

국회의 독도특위 활동도 아쉬운 점이 많았지만, 한편으로 질책 받아야 할 것은 정부 주무부처인 외교부의 태도였다. 2010년 9월, 일본이 '독도는 일본 영토'라고 표기를 유지한 방위백서를 내놓았다. 당연히 정부차원에서 적극적인 행동을 취할 것이라고 예상했지만 정부는 거의 수수방관했다. 그 이유가 바로 '조용한 외교'였다.

잠시나마 외교부에 몸을 담았던 입장에서 다양한 정책적 입장을 이해 못할 바는 아니었지만, 최소한 독도문제만큼은 정책의 '효율성'보다는 국민의 '애국심'을 더 먼저 생각해야 한다고 본다. 불과 한 달 전인 8월 10일, 일본은 한일강제합방 100년을 맞아 총리가 사죄한다는 내용의 담화를 발표했다. 담화문의 잉크도 마르기 전에 일본은 대한민국을 기만한 셈이었다.

똑같이 일본과 영토분쟁을 벌이고 있는 러시아의 태도는 우리나라와 정반대였다. 러시아 대통령은 여러 가지 외교문제가

우려되었음에도 불구하고 쿠릴열도를 방문한 마당에, 대한민국 대통령 중 그 누구도 우리 땅 독도를 방문한 적이 없다는 사실은 이해할 수 없는 일이다. 이제는 최소한 독도문제만큼은 정책기조를 바꾸고, 적극적으로 대처해 나가야 한다고 본다. 틈만 나면 독도를 자기네 땅이라고 우기며, 대한민국을 기만하려 드는 일본을 상대로 더 이상 눈치보기식 소극적인 외교는 지양해야 할 때이다.

독도와 일본 이야기를 하니, 나라를 위해 희생하신 분들의 이야기를 하지 않을 수 없다. 안된 이야기지만 우리나라처럼 애국을 강조하면서, 정작 나라를 위해 희생한 분들에 대한 합당한 처우가 안 되는 나라도 없는 것 같다.

지난 2010년 3월 26일은 안중근 의사 순국 100주년이 되는 날이었다. 안중근 의사는 우리나라 사람이면 누구나 존경하는 대상일 것이다. 하지만, 과연 이 나라는 그 분의 숭고한 희생에 대해 그 분의 가족에게 합당한 대가를 치렀을까? 대답은 '아니요'였다. 안중근 의사는 대한민국 사람 누구에게나 칭송받는 나라의 영웅이다. 하지만 그의 작은아들은 아버지에 대한 일제의 미움으로 평생을 일제에게 쫓김과 협박당하기를 반복한 끝에 결국, 친일의 길을 선택할 수밖에 없었다고 한다.

나라를 위해 희생한 분들의 자손들에게 남은 것이라고는 명예와 자부심, 그리고 가난밖에 없는 상황을 자주 목격하게 된다.

비단 일제시대, 6·25 전쟁 같은 오래된 이야기만이 아니다. 범죄와 싸우는 순직한 경찰관의 가족이 그렇고, 화마와 싸우다 안타깝게 목숨을 잃은 소방관의 가족들이 그렇다.

과연 대한민국은 이 나라와 국민을 위해 헌신한 분들과 그들의 가족들에게 말이 아닌 행동으로써 어떤 보답을 해 드렸는지 다시 한 번 묻지 않을 수 없다.

박민식 의원 3월 26일 천안함 사건이 났었는데 100년 전에 어떤 일이 났는지 혹시 기억하십니까?

정운찬 국무총리 예, 우리 안중근 선생이, 안중근 의사가 서거하신 날입니다. 101년 전 10월 26일에 거사를 하셨고 여순감옥에서 100년 전 3월 26일에 돌아가셨습니다.

박민식 의원 이 혹시 무슨 뜻인지 아시겠습니까, 총리님?

정운찬 국무총리 제가 이해하기로는 '그 어머니에 그 아들'이란 말씀이 아니겠습니까?

박민식 의원 '시모시자(是母是子)' 그 어머니에 그 아들, 그렇습니다. 당시에 안중근 의사의 어머니 조마리아 여사가 안중근 의사에게 보낸 편지가 있습니다. 그것을 제가 한번 읽어 보겠습니다. "장한 아들 보아라. 의로운 일을 해냈다. 많은 이에게 용기를 주었다. 가족의 자랑이요 겨레의 기쁨이 되었다. 이제 너는 죽을 것이다. 사형을 언도받으면 항소하지 마라. 네가 벌한 이들에게 용서를 구할 수는 없는 법. 어미보다 먼저 죽는 것을 불효라 생각지 마라. 작은 의에 연연치 말고 큰 뜻으로 죽음을 받아들여라."

박민식 의원 혹시 총리님 이 글 한번 보신 적 있습니까?

정운찬 국무총리 예, 저는 지나가는 말씀으로 들은 적은 있는 것 같습니다만 본 적은 없습니다. 이것은 '그 어머니에 그 아들'이라는 말씀은 제가 해석하기는 사형을 선고받고 죽어갈 자식인 안중근 의사에게 혈육의 정을 넘어서 아주 차원 높은, 높은 차원의 애정을 보인 안 의사 모친과 함께 존경스러운 모자를, 그 어머니와 아들을 일컫는 것으로 알고 있습니다.

(중략)

박민식 의원 그런데 이 안중근 의사와 관련해서는 상당히 비극적인 가족사가 또 있습니다. 또 하나 제가 보여 드리겠습니다. 혹시 이 글 한번 보신 적 있습니까? 무슨 뜻인지 아시겠습니까?

안중근의사 순국 100주기 국제심포지엄
안중근의 동양 평화론 - 그 사상과 현대적 의미
2010. 3. 25.(목)

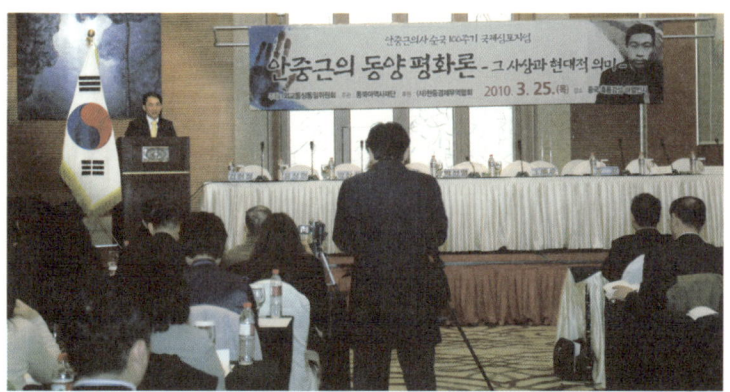

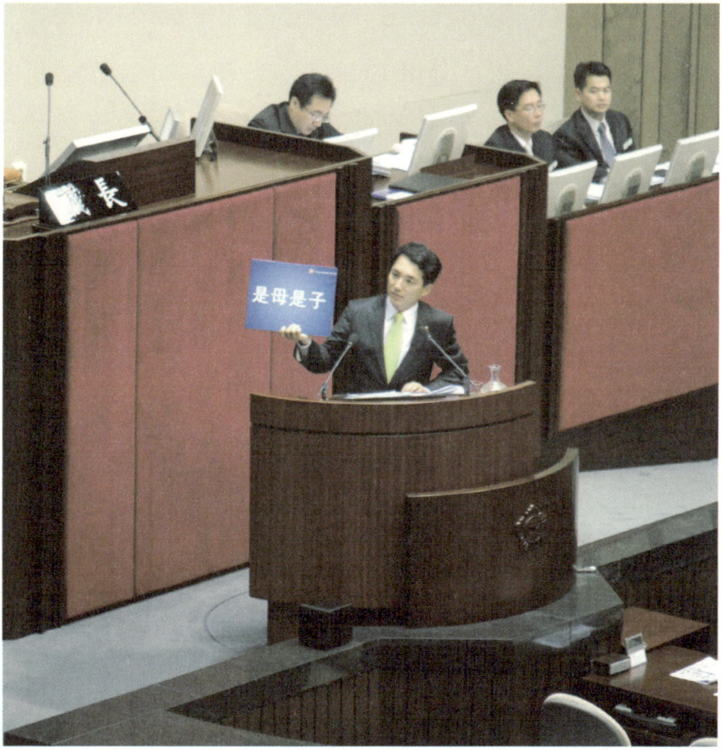
是母是子

정운찬 국무총리 '호부견자(虎父犬子)' 아버지는 호랑이 같을지 모르지만 자식은 개와 같다는…….

박민식 의원 그렇습니다. 당시에 안중근 의사의 작은아들, 안준생이지요. 안준생이 일제의 책략에 의해서 회유당하고 협박당한 결과 결국 친일파로 전락했던 그런 뼈아픈 역사가 있습니다. 제가 말씀드리는 것은 이 안중근 의사의 아들을 욕하는 것이 아닙니다. 왜 그 안중근 의사의 아들이 그렇게 되었겠습니까? 결국은 국가를 위해서 헌신하는 사람에 대해서 국가가 제대로 돌봐주지 못했기 때문입니다. 그렇지 않습니까? 총리님, 어떻게 생각하십니까?

정운찬 국무총리 지금 의원님이 말씀하셨듯이 안중근 의사의 가족들이 많은 고난을 겪었다고 들었습니다. 지금 '호부견자'라는 구를 말씀드렸지만 이것은 안 의사의 차남이 이토의 아들을 만나서 아버지의 잘못을 사과한 것을 비유한 것이라고 알고 있습니다. 앞으로 국가를 위해 희생하고 공헌하신 분들의 후손들을 예우하고 응분의 보상을 해서 안 의사 가족과 같은 불행한 일이 다시는 일어나지 않도록 최선을 다해 나가겠습니다.

〈2010년 4월, 제289차 본회의 정치 분야 대정부 질문 중〉

국민 정서법

16대 국회부터 도입된 인사 청문회는 정부의 국무위원 등의 인사(人事)에 대해서 국회의 검증을 받도록 하는 제도로써 국회가 행정부를 견제하는 하나의 방법이기도 하다.

인사 청문의 대상은 각 부처 장관을 비롯한 국가정보원장, 검찰총장, 국세청장, 경찰청장, 합동참모의장, 헌법재판소 재판관, 중앙선거관리위원회 위원장, 방송통신위원회 위원장이다. 이들에 대해서 국회는 인사 청문회를 실시하나, 적격 여부만 판단할 뿐, 대통령은 이를 따르지 않아도 된다. 다만 인사청문특별위원회의 대상이 되는 대법원장, 헌법재판소장, 국무총리, 감사원장, 대법관, 헌법재판관(국회 추천 3인), 중앙선거관리위원(국회 추천 3인)은 국회의 임명 동의가 반드시 필요하다.

　나는 4년간의 의정활동 동안, 1명의 감사원장, 4명의 장관, 2명의 검찰총장, 1명의 대법원장, 3명의 대법관 후보 등 총 11번의 인사 청문회에 위원으로 참석했다. 일 년에 세 번가량 인사청문회에 참석한 셈인데, 초선치고는 상당히 드문 일이라고들한다.

　현 정부가 출범한 이후, 청문회 직후 후보를 사퇴한 경우는 총 4번이다. 역대로 청문 요청이 철회되거나 임명동의안이 부결된 경우는 있어도, 청문회 직후 후보 사퇴는 인사 청문회 역사상 현 정부 들어 처음 생긴 일이었다. 그 중 나는 이재훈 지식경제부장관 후보자, 천성관 검찰총장 후보자의 청문회에 청문위원으로 참석한 바 있다.

청문회에 나온 모든 분들의 경력은 면면이 화려했다. 능력만
놓고 보면 모두들 능히 그 자리를 감당하고도 남을 만한 분들이
었다. 수신제가(修身齊家) 후 치국평천하(治國平天下)라고 했던가.
공직이라는 자리는 경력과 능력만으로 감당이 되는 자리가 아
니라는 점을 청문회 과정을 거치며 새삼 깨달았다.

천성관 전(前) 검찰총장 후보자 인사 청문회 때가 특별히 생각
이 많이 난다. 검찰 출신이었기 때문에 기대감이 더 남달랐는
데, 자료를 검토해 보니 실망이었다. 너무나 의심스럽고, 과연
어떻게 후보자까지 오르게 되었을까, 검찰에 이렇게도 인재가
없었냐는 생각이 들었다. 비록 여당 의원이고, 후보자가 검찰
시절 선배이긴 했지만, 무조건 옹호해서 될 일이 아니었다. 처

신에 문제가 있었음을 지적했고, 의혹에 대해 적극적으로 답을 내놓으라고 강도 높게 추궁했다.

후에 언론기사를 보니, 다른 여당 의원들이 제 식구 감싸기에 주력하는 동안 나만큼은 '검사 출신'답게 잘 했다는 호평이 났다. 그나마도 검사들의 체면을 살렸다는 기사도 있었다.

"내가 옳았구나"라는 생각도 들었지만, 한편으로는 할 일을 했을 뿐인데, 칭찬 받는다는 게 부끄러웠다.

몇 번의 낙마사(落馬史)를 보면서 본인은 사소하다고 여기는 것들도 국민들의 눈높이에서는 무겁게 여겨야 한다는 사실을 새삼 절감했다. 그리고 그것은 비단 나뿐만 아니라 앞으로 공직에 뜻을 둔 사람 모두가 마음 속 깊이 새겨야만 할 것임이 분명하다. 사족을 달자면, 정치권에는 "법 중에서 가장 무서운 법은 바로 국민정서법"이라는 말이 있다. 농담처럼 쓰이지만, 공직에 뜻이 있는 사람이라면 누구나 반드시 마음 깊이 새겨야 할 경구(警句)와도 같다.

인사 청문회 도입 이후 2010년 현재까지 낙마사례

2002년 장상 국무총리 후보자, 위장전입 및 부동산 의혹 등으로 임명동의안 부결

2002년 장대환 국무총리 후보자, 위장전입 및 부동산 의혹 등으로 임명동의안 부결

2003년 윤성식 감사원장 후보자, 국회 본회의 표결로 임명동의안 부결

2006년 김병준 교육부총리 후보자, 논문표절 의혹 등으로 임명 13일 만에 사퇴

2008년 이춘호 여성부장관 후보자, 부동산 의혹 등으로 인사청문요청 철회

2008년 남주홍 통일부장관 후보자, 자녀 이중국적 등으로 인사청문요청 철회

2008년 박은경 환경부장관 후보자, 부동산 의혹 등으로 인사청문요청 철회

2009년 천성관 검찰총장 후보자, 스폰서 의혹과 거짓말로 청문회 후 사퇴

2010년 김태호 국무총리 후보자, 스폰서 및 박연차 게이트 뇌물수수 의혹으로
　　　청문회 후 사퇴

2010년 신재민 문화관광부장관 후보자, 투기 의혹과 위장전입으로 청문회 후 사퇴

2010년 이재훈 지식경제부장관 후보자, 투기 의혹으로 청문회 후 사퇴

채증팀장 박민식

2009년 7월 22일, 미디어법 표결 이후 후폭풍은 거셌다. 투표 전에 법안의 내용을 가지고 다퉜다면, 투표 후에는 그 과정의 적법성을 두고 여야가 다퉜다. 주요 쟁점은 표결과정에서 발생한 대리투표와 재투표 문제였다.

28일, 당 차원의 불법투표 진상조사단이 꾸려졌고, 특수부 검사 출신이라는 이유로 내게 채증팀장을 맡아달라는 연락이 왔다. 상대 쪽에서는 헌법재판소 측에 심판 청구까지 해놓는 등 이슈로 삼아 끌고 가려고 하는 정치적으로도 매우 민감한 문제였기 때문에 고민할 수밖에 없었다. 하지만, 채증팀의 역할은 객관적인 사실을 밝혀내는 것이었기 때문에 정치적 고려 없이 사실관계를 입증에만 집중한다면 문제될 것이 없다고 스스로 결론짓고 수락했다. 당의 요청이 워낙 강했던 까닭도 있었다.

　그날 저녁, 당으로부터 전자투표기 로그인 기록, 방송촬영 영
상 DVD 10여 개, 투표 방해를 받은 소속 의원 30여 명의 소명
서를 받았다. 받아 놓고 보니, 자료의 양은 만만치 않고, 시간은
별로 많지 않았다. 그렇다고 누구에게 손 벌릴만한 사안도 아니
었다. 실타래를 풀려면 우선 실 끝을 찾아야 하는데, 막막하기
만 했다. 그래서 우선 보좌직원 3명과 함께 무작정 로그 기록과
비교해 가며 영상을 보기로 했다.

　재미있는 영화도 2시간을 넘기면 집중하기 힘든데, 거의 똑
같은 영상을 반복적으로 보고 있자니, 미칠 지경이었다. 자료
를 분석하는데도 애를 먹었다. 화질도 문제였고, 전자투표기 로
그인 시간과 영상 속 시계의 시간이 달라서 그 이유를 찾아내는

데만도 애를 먹었다. 결국 밤샘 끝에 야당의 투표 방해 및 대리 투표, 의원석 점거 사례 등을 입증할 만한 증거를 찾아내고, 보고용 자료를 만들고 나니 아침 해가 뜨고 있었다.

29일 오전, 당의 최고중진회의가 끝난 후, 당내 브리핑 시간을 가졌다. 당초 당내 브리핑 이후 논의 후에 언론 브리핑을 할 예정으로 되어 있었지만, 그 자리에 모인 모든 의원들이 이 정도면 별도의 논의가 필요 없다며 바로 언론에 공개를 했다. 미디어법 표결과 관련해서 그 후에도 많은 부분에서 논란이 있었지만, 내가 채증해 밝혀 낸 사실만큼은 모두 객관성을 인정했다.

정치가 이념과 신념이 중요하다고 한들, 진실만큼 중요한 것은 없다고 본다. 그런데 현실정치에서는 가끔 진실마저도 왜곡되고 호도되곤 한다. 검찰에 몸 담았을 때나, 지금이나 객관적 사실이 중요하다는 점만큼은 신념이다.

그렇다고 해서 객관적 사실만 내세운다면, 올바른 정치일까? 대답은 '아니요'일 것이다. 객관적 진실만큼 중요한 것이 바로 과정이다. 정치에선 아무리 '옳고 그름'이 명백하다 한들, 그것을 전달하고 이해시키는 과정이 미진하다면 그 또한 진리일 수 없음을 4년간의 현실 정치 경험에서 깨달았다.

그로부터 얼마 후, 나는 당시 어느 언론과의 인터뷰에서 "1년쯤 했으면 희망을 품고, 하고 싶은 것들이 많아져야 하는데, 최

근 국회 상황을 보면 무력감, 자괴감이 든다"라고 솔직한 심정
을 피력했다.

　미디어법과 관련한 야당의 권한쟁의 심판 청구는 헌법재판소
에서 기각되었다. 그렇다고 솔직히 여당이 무조건 옳았다고 할
수는 없었다. 그것은 바로 법 처리과정의 옳고 그름을 떠나, 과
연 우리가 국민의 마음을 제대로 읽어 내 행동하고 있는지 나부
터도 확신이 없기 때문이다.

국정감사 우수의원

어린 시절, 신이 나서 집으로 부리나케 뛰어 가는 건 둘 중에 하나다. 선물 받으러 갈 때랑, 생각지도 못한 좋은 성적을 받았을 때다. 국회의원도 마찬가지다. 자랑거리가 있으면 그만큼 지역으로 내려가는 발걸음이 가볍다.

국회의원은 자의든 타의든 늘 평가받는 위치에 있는 사람이다. 제 아무리 좋은 법과 훌륭한 정책을 만들어 낸들, 널리 알려지지 못하고 제대로 평가받지 못한다면 솔직히 무슨 소용이 있을까. 칭찬은 고래도 춤추게 한다고 한다. 국민의 신뢰를 먹고 사는 국회의원이 더 많은 자신감과 힘을 얻는데도 '잘 했다'는 칭찬만큼 좋은 약은 없다.

국회의원에게 상이 크고 작은 것이 어디 있겠느냐만, 역시 본연의 임무인 의정활동을 잘했다고 주어지는 상을 받았을 때가 가장 보람이 크다. 운이 좋게도 나는 4년 연속 시민단체가 선정한 우수국정감사 의원으로 선정되었다. 잘하고 못하고를 떠나서 열심히 하는 모습만큼은 어필되어 주어진 듯했다.

4년간의 의정활동 중 가장 기억나는 상은 무엇보다도 2011년 1월, 국회사무처로부터 받았던 입법최우수의원상과 2011년 11월에 한국여성유권자연맹으로부터 받았던 자랑스러운 국회의원상이다.

입법최우수의원상은 내게 여러 가지 의미가 큰 상이었다. 그 선정 기준이 국회의원의 가장 큰 책무 중에 하나인 법안발의의 건수와 가결건수인 점 때문도 그렇고, 선정 의원 7명 중에 한나라당 의원으로서는 유일하게 선정된 점이 그렇다. 게다가 상금까지 부수입(?)으로 받으니 더욱 기뻤다. 상금 600만 원은 처음엔 그동안 함께 수고한 보좌 직원들에게 성과급으로 나눠줄 생각이었다. 그런데 보좌진들이 먼저 나서서 "나눠 갖는 것보다 좋은 데 쓰는 것이 더 좋지 않겠냐"며 제안해 왔다. 그렇게 해서 그 상금을 지역의 장학재단에 기부하게 되었다. 나중에 이 일이 언론을 통해 알려지면서 지역 주민들로부터 좋은 소리를 많이 들었는데, 좋은 생각은 직원들이 먼저 했는데 칭찬은 내가 혼자 다 듣게 되어서 미안스러웠다.

또 하나 기억에 남는 상이 자랑스러운 국회의원상이다. 이 상이 특히 기억에 남는 것은 나를 비롯한 18대 국회의원들이 시작부터 말미까지 국민들에게 그다지 자랑스러운 모습을 보여 주지 못했음에도 불구하고 주어진 상이었기 때문이다. 느낌은 마치 자랑스러운 국회의원이 되라는 채찍질과도 같았다.

그날 김정례 전 보사부(現 보건복지부)장관으로부터 상을 받았는데, 많은 연세에 한복을 단아하게 차려 입으신 것이 마치 못난 자식의 기 북돋아 주시려는 어머니의 격려와 같은 느낌을 받았다. 감사한 마음과 송구스러운 마음이 교차했다.

다음에 이 상을 받게 될 기회가 또 주어진다면, 그 때는 제발 대한민국 국회의원 모두가 국민들 앞에, 그리고 스스로에게 자랑스러운 국회의원이 되어 있었으면 좋겠다.

국회의원이라는 직업의 주된 업무는 법 만들기

국회의 사전적 정의는 헌법상의 합의체인 입법기관이다. 즉 국회의원의 가장 큰일 중에 하나가 입법, 즉 법을 만드는 것이다.

의정활동 중 무엇 하나도 중요하지 않은 게 없지만, 개인적으로 가장 심혈을 기울이는 것 중 하나가 바로 '올바른 법을 세우는 것'이다.

국회의원이 처음 되고자 했을 때, "정의를 지키는 것보다 올바른 정의를 세우는 것이 더 중요하고, 국민 모두가 옳다고 믿는 모두의 정의를 만들어 가겠다"고 다짐을 했는데, 정의란 좁은 의미에서 곧 법을 의미한다. 내게 입법을 한다는 것은 곧 올바른 정의를 세워나가는 것과도 같은 일이다.

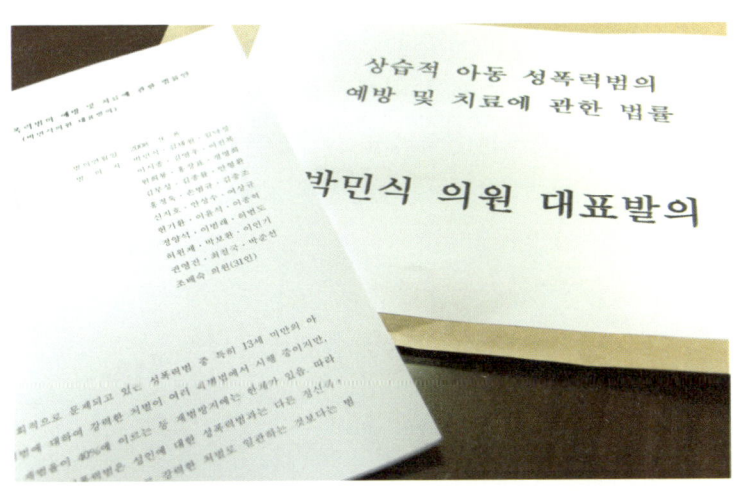

상습적 아동 성폭력범의
예방 및 치료에 관한 법률

박민식 의원 대표발의

사회는 시시각각 변하고 있는데 법이 현실에 맞춰 따라오지 못하는 경우가 종종 있다. 이러한 경우는 국민의 법 감정과 기존의 법률이 맞지 않는 경우가 발생하는데, 이외에도 의외로 실생활에 반드시 필요한 법임에도 불구하고 제정되어 있지 않은 경우들도 많다.

18대 국회에서 법률안 개정에도 노력했지만, 주로 심혈을 기울였던 것은 국민생활에 꼭 없어선 안 될 법을 새로 만들어 내는 것이었다. 그리고 그런 노력 끝에 빛을 보게 된 법이 바로 채권의 공정한 추심에 관한 법률과, 일명 화학적거세법 그리고 범죄피해자보호기금법이다. 이외에도 양형기준법이 있는데 아직 국회에서 통과되지 못한 채 논의 중이다.

앞서 지난 6월, 『피해자를 위하여 울어라』라는 제목의 책을 내놓은 적이 있다. 그 책에서 이 법들에 대해 보다 자세히 설명하고 있으므로, 여기서는 간략하게 그 법들이 왜 필요한지, 그리고 어떻게 태어나게 되었는지에 대해 간단하게 말해 보려고 한다.

묻지 마 빚 받기?
안 돼!

2008년은 글로벌 경제위기 상황이었다. 경기 전반을 드리운 불황의 그늘 아래, 서민들은 그야말로 돈 가뭄에 시달릴 수밖에 없었다. 그러다 보니 자연스럽게 은행이나 제2금융권, 그 마저도 어려우면 사채업자에게까지 손을 벌리는 경우가 늘어났다. 문제는 빌릴 때는 마치 선심 쓰듯 빌려줬다가 돌려받을 때는 조폭으로 돌변하는 일부 악덕 채권자들의 행태였다.

어려운 경제 상황을 반영이라도 하듯이 불법 대부업자, 고리 사채업자의 횡포로 말미암아 자살한다든지, 심지어 청부살인까지 의뢰하고 그로 인해 가정파탄까지 이어지는 경우가 당시 언론을 통해 자주 보도되었다.

그 때의 통계를 보면 사금융 이용자의 수가 189만 명에 이르는 것으로 나타났고, 잠재적인 사채 이용자가 우리나라 경제활동인구의 4분의 1에 해당하는 700만 명까지 이르는 것으로 조사되었다.

불법 채권 추심은 날로 심각해져 단순히 채권채무의 경제적 문제가 아닌 사회의 병리현상으로 심각성이 대두되었다. 이러한 불법적인 채권 추심을 막을 수 있는 대부업법이 있긴 했지만, 등록된 대부업체만으로 한정했기 때문에 실효성이 제한적이었다. 그렇기 때문에 채권 추심의 공정한 풍토를 조성할 수 있는, 그리고 동시에 채무자들의 인권을 보호해 주는 포괄적인 기본법이 절실했다.

2009년 1월에 통과된 이 법에서는 밤 9시부터 오전 8시까지 공포심이나 불안감을 유발시킬 수 있는 전화나 방문 등의 행위를 금지시켰다. 법원이나 검찰청 등의 명칭을 허위로 표시해서 내용증명을 보내는 것 또한 금지시켰다. 더불어 원래 채무 금액에 별도의 추심비용을 덧붙여 요구하는 것도 금지시켰으며, 이를 위해 채무자가 요청할 경우 채무확인서를 교부할 의무를 부여했다. 무엇보다도 이 법의 적용대상을 무허가나 불법 그리고 일반 개인 간의 금융대차까지로 두어 실효적 범위를 넓혔다.

법이 본회의에 통과되고 난 후, 얼굴도 모르는 국민 여러분으로부터 많은 감사의 전화가 사무실로 왔다. 그 분들 중에는 왜

한국경제

2008년 11월 29일 토요일
A10면 사회

밤 9시 이후 빚독촉 못한다

한나라 '공정 추심법' 처리키로

한나라당은 오후 9시 이후에 채무자에게 전화하거나 방문해 공포심을 유발하는 빚독촉 행위 등을 금지하는 '채권의 공정한 추심에 관한 법률 제정안'을 이번 정기국회에서 처리키로 했다.

장윤석 한나라당 제1정조위원장은 28일 "최근 사채업자 또는 이와 결탁된 폭력배들의 횡포로 자살까지 하는 사례가 빈발했다"며 "지난 25일 박민식 의원이 대표 발의한 법률안을 당론으로 채택, 조속히 통과시킬 방침"이라고 말했다.

법률안은 결혼식, 장례식 등에 찾아가 추심 행위를 하거나 법적인 의무가 없는 친구·친척들에게 대신 돈을 갚으라고 요구하는 행위 등도 모두 불법으로 규정했다. 야간 채권 추심을 할 경우에는 3년 이하의 징역 또는 3000만원 이하의 벌금이 부과된다. 특히 기존 대부업법 등은 대부업자나 여신금융기관들을 대상으로 했지만 이 법은 개인 사채업자나 일반 채권자들도 규율할 수 있도록 했다.

박민식 의원은 "기존에도 폭행이나 협박 행위는 형법으로 금지되어 있었지만 실효성이 없었던 게 사실"이라며 "불법 추심에 해당하는 여러 행위 유형들을 포괄적으로 규정한 게 이번 법안의 특징"이라고 설명했다. 김유미 기자 warmfront@hankyung.com

이런 법을 이제야 만들었냐고, 질책하시는 분들도 계셨다. 법을 만드는 것은 내 일 중에 하나인데, 이렇게 칭찬받는 일이 될 줄은 몰랐다. 감사한 마음 한편에는, 아직도 우리 사회에는 법이 보호해 줘야 하지만 제대로 보호받지 못하는 사람들이 많다는 사실을 새삼 깨달았다.

경제가 너무 어렵습니다.
서민들의 살림살이는 허리띠를 졸라매도
좀처럼 나아지지 않고,
문턱이 닳도록 은행을 찾아가도 돈 빌리기가 쉽지 않습니다.

돈 빌리기가 힘들다 보니
터무니없이 높은 이자를 무릅쓰고라도
당장 생활비를 빌리려는 서민은 늘고,
그에 따른 불법적이고 흉포한 채권 추심 사례도
늘고 있습니다.
그야말로 서민을 '두 번 죽이는' 일입니다.

작년에 제가 발의해서 지난 1월 13일,
참석 의원 100% 찬성으로 통과된
'채권의 공정한 추심'에 관한 법률안은
이러한 채무자들의 불법적인 행위를 차단함으로써
서민의 고통을 덜어 드리고자 하는 취지의 법안입니다.

서민을 위한 법안에 한 마음, 한 뜻으로 동의해 주신
선배, 동료 의원님들께 감사드립니다.

아무쪼록 새해에는 서민들이 고통 받는 일이
없었으면 좋겠습니다.
하루빨리 우리 경제가 다시 되살아나길 기원합니다.

〈2009년 1월 박민식〉

화학적거세법의 발의,
무관심과 그리고 조두순 사건

2008년 9월 9일, 국회에 제출한 상습적 아동 성폭력범의 예방 및 치료에 관한 법률, 일명 '화학적거세법'은 개인적으로 18대 국회에 들어와 제일 처음 만든 법이자, 최초의 재정법이었다. 이 법안은 13세 미만의 아동을 대상으로 한 상습적 성범죄자에게 주기적으로 화학적 호르몬제를 주사하여 성적 욕구를 감소시키도록 하고 이와 함께 심리치료를 병행토록 규정하고 있다. 아동 성폭력범에 대한 약물치료법은 미국의 8개 주와 스웨덴, 덴마크 등에서 시행되고 있다.

검사 시절의 경험에 비춰 보면 아동 성폭력범은 일종의 정신병으로 처벌만으로는 근본적인 예방이 어렵다. 그렇기 때문에 이 법안은 아동 대상 성폭력 범죄 근절을 위해 반드시 필요하다고 생각했다. 전문가들과 함께 이 법안을 만들면서 여론조사도 실시했는데, 조사 대상의 70%가량 또한 약물치료 도입의 필요성에 대해 찬성하는 것으로 나타났다.

이 법은 처음 제출할 때부터 인권침해에 대한 우려가 있을 것이라는 점과 이러한 형태의 법이 국내에서는 처음 시행되기 때문에 법 통과까지의 과정이 쉽지 않을 것이란 점을 감안했었다. 그런데 막상 법안을 내놓고 보니, 논란이 있을 거라는 예상조차도 너무나 과한 기대였다.

9월에 제출한 법안이 상정된 것은 11월 말인데, 그마저도 상정 되자마자 법안심사 소위로 넘어가더니 감감 무소식이었다. 논란은커녕 주목마저도 제대로 받지 못한 셈이었다.

공 들인 만큼 실망도 컸다. 그렇게 화학적거세법이 아무도 모른 채 잊혀만 가고 있는 사이, 2008년 12월에 안산에선 8살짜리 어린 여자 아이가 잔인하게 성폭행 당한 사건, 일명 조두순 사건이 일어났다.

2009년 9월, 아무도 모르게 지나갔던 조두순 사건이 어느 TV 시사프로그램을 통해 알려지게 되었다. 그로 인해 화학적거세법도 다시 수면 위로 급부상했다. 언론은 법안의 내용에 대해 앞 다퉈 보도하기 시작했고, 하루에 요청받는 인터뷰만 해도 적게는 2~3건에서 많게는 10건이 넘을 때도 있었다.

워낙에 사회적 이슈였기 때문에 다른 의원들도 대책안과 함께

東亞日報 2009년 10월 08일 목요일 A33면 오피니언

찬 약물로 정신질환 고치자는 것

참혹한 아동성폭력 사건이 보도될 때마다 국민은 분노했고 정부는 대책을 약속했다. 그러나 "한 사람의 죽음은 비극이지만 100만 명의 죽음은 통계학상의 문제"라는 스탈린의 말처럼 불안에 떠는 잠재적 피해자와 850만 명에 이르는 부모들의 마음을 제대로 헤아린 적이 없었다.

작년에 발의했지만 전혀 빛(?)을 보지 못하던 일명 '화학적 거세법'에 대해 논란이 이는 모양이다. 법안에 대한 관심과 비판은 고맙지만 자세한 내용은 묻지도 않고 거세(castration)라는 용어에 방점을 두면서 인권침해라고 비난하는 분에게 서운한 감이 없지 않다.

우선 이 법안은 남자의 성기를 외과적으로 거세하는 내용이 결코 아니다. 쉽게 말하면 일시적으로 호르몬 주사를 놓자는 얘기다. 치료방법으로 주사를 맞는 것과 차

박민식
한나라당
의원

면 우울증이 심한 사람에게 약물을 투여하는 정신과 의사는 매일 인권침해를 하는 셈이다. 넷째, 이 법안은 심리 및 행동치료를 병행하는 내용을 담는다. 범죄자를 엄벌의 대상으로만 생각하지 말고 치료의 대상인 환자로도 인식함을 보여주는 대목이다. 즉 범죄자의 인권을 침해하는 것이 아니라 오히려 더 많이 배려하는 법안이다.

법안 반대론자들은 왜 조두순 같은 사람을 50년, 100년씩 독방에 가둔다고 할 때는 침묵하다가 약물로 치료하는 방법에는 그렇게 흥분하는지 답답하다. 인권침해 가능성에 대해서는 신중하게 접근해야겠지만 성폭력범죄자를 치료하는 노력을 포기한 채 독방에 그냥 가두어두는 방법이 훨씬 반인권적이라는 것이 검사로서 10여 년의 세월을 보낸 나의 솔직한 느낌이다.

'거세' 용어에 과민반응… 전자발찌론 한계

이가 없다. 둘째, 본인의 동의를 필요로 한다. 성폭력범죄자는 소아성 기호증 등 정신질환의 특징을 갖고 있다. 이런 자에게 전자발찌를 채우고 형량을 수십 년 부과한다고 범죄가 근절되리라고 기대하는가. 최근에도 아동성폭력 사범이 꾸준히 증가하는 현실은 무엇을 말하는가. 감옥 격리 망신 같은 아이디어만으로는 한계가 있다. 이제 새로운 패러다임이 필요하다.

셋째, 이 요법은 영구히 장애를 초래하지 않는다. 호르몬 요법으로 치료가 끝나면 성적 능력이 회복된다. 이 방법이 인권침해라

인권 선진국이라는 미국 덴마크 스웨덴 등 유럽에서 오래전부터 화학적 거세법을 시행해오고 있지만 인권침해로 큰 문제가 됐다는 보도는 듣지 못했다. 오히려 더 많은 나라와 지역에서 이런 법을 도입하려는 추세임을 곰곰이 생각해야 한다. 거세라는 용어의 잔혹성에서 해방되어 그 안에 있는 소중한 고민의 내용들에 천착했으면 하는 바람이다. 화학적 거세법이 완벽한 대책은 아니다. 하지만 우리 아이들을 성폭력으로부터 지키는 데 큰 역할을 하는 훌륭한 무기를 또 하나 갖는 셈이다. 진지한 토의를 기대한다.

법률안들을 너나 할 것 없이 제출했는데, 그러다 보니 여론을 통해 포퓰리즘 입법이라는 경계의 목소리도 나왔다. 웃지 못 할 일은 워낙 많은 법들이 쏟아지다 보니 1년 전에 만들어 놓은 화학적거세법마저 포퓰리즘 입법으로 보는 언론도 있었다. 실소를 금할 수 없었고, 한편으로는 씁쓸했다.

세계일보

2009년 10월 13일 화요일 026면 오피니언

✉ 독자마당 · 독자 여러분의 의견을 가능하면 e메일로 보내주시기 바랍니다. (우편, 주소 참조)
· e메일: special@segye.com · 팩스: 02-2000-1289 · 전화: 080-023-3434

기고

아동 성폭력, 지켜주지 못해 미안해

박 민 식
한나라당 국회의원

연제앤사인가. 우리는 언제까지 수많은 어린 양들이 야수의 발톱에 희생되는 걸 바라만 보고 있어야 하는가. 인면수심의 범죄자에게 분노가 치밀고, 우리 어른들 스스로에게 또 다른 분노가 치민다.

국가의 1차적 의무는 그 테두리 안에 사는 사람들의 안전을 지켜주는 것이다. 특히, 미래의 꿈인 어린이들이 안전하게 자랄 수 있도록 환경을 만들어주는 것은 그야말로 최소한의 책무이다. 왜 지켜주지 못했는가.

참혹한 아동성폭력이 이슈화될 때마다 정부는 철저한 대책 수립이 필요하다는, 메아리 없는 공허한 소리만 따는다는 비판을 잘 알고 있다. 형벌의 가중과 신상정보의 공개도 모자라 전자발찌까지 채웠지만, 아직도 하루에 3명 이상의 어린이가 야수의 위협

과 극악한 폭력에 눌려 잔인하게 성의 제물로 희생되고 있는 것이 안타까운 우리 현실이다. 이쯤 되면, 국민의 눈치만 보다가 내놓는 사후약방문식의 처벌 강화 방안이 아닌 근본적인 대책을 고민해 봐야 할 때이다.

우선, 생각이 바뀌어야 한다. 남의 일이 아닌 내 자신의 일이라고 마음을 굳게 먹어야 한다. 내 아이들이 잠재적 피해자이고, 우리 모두가 그 부모가 될 수 있다는 절박함을 가져야 한다. 이제 내 아이를 향해 흉기를 들고 군침을 흘리는 적들에 대항해 칼과 방패를 드는 능동적인 대처가 필요하다.

둘째는 각종 대책 간의 연계이다. 엄벌주의만으로는 '나쁜 인간'에 대한 분노를 해소할지는 몰라도 갑겁 쉽게 상처를 아물게 할 수는 없다. '예방-처벌 및 관리-피해자 보호'의 3단계는 이제는 불가분하다. 미 마을 수 있도록 어린이보호구역 같은 곳에는 폐쇄회로(CC) TV를 집중적으로 설치해놓는 것이다. 갑론을박으로 시간을 보낼 것이 아니라 좀더 현실적인 방안을 실행해야 한다.

법원은 성폭력범죄자에 대한 온정주의적 판결을 거둬들여야 한다. 노령의 알츠하이머 환자가 어린 시절 성폭력 피해를 기억하는 광고를 본 적이 있는가. 조그마한 잘못도 없는, 그리고 아무런 저항능력도 없는 아이를 생각하면 술에 취했다는 것이 정상참작의 사유가 결코 될 수 없다. 이러한 연계

의 핵심은 피해자 보호에 초점이 맞춰져야 한다. 평생을 고통의 웅어리를 안고 말없이 살아가야 할 피해 아동과 그 부모를 우리 사회가 따뜻이 감싸고, 튼튼한 우산이 돼줘야 한다. 그래서 결국은 그들의 얼굴에 웃음꽃이 다시 피게 해야 한다. 바로 그것이 근원적 대책이다.

그런 현실적인 방안은 무엇일까. 조두순 사건의 피해자가 국가로부터 받은 지원이 고작 900만원에 불과한 현실 앞에서 많은 사람이 절망했다. 이제는 우리도 미국 등 선진국처럼 '범죄피해자보호기금'을 조속히 마련해야 한다. 범죄로부터 국가가 돈을 벌었다면 그 돈의 일부를 범죄 피해자를 위해 사용하는 것은 너무나 당연하지 않은가.

마지막으로 개별적인 방안들은 일종의 성(castle)이다. 즉, 성내의 안전은 어느 정도 효과가 있지만, 교활한 범죄자들은 항상 성과 성 간의 그런 빈틈을 노린다. 이제는 모든 대책 간의 전체적인 망이 필요하다. 그리고 그 망은 가급적 촘촘해야 한다. 이런 점에서 이제는 국회, 정부와 민간, 그리고 정부 내 각 부처, 또 각 민간 단체가 모두 힘을 합쳐야 한다.

경제 수치들이 아무리 장밋빛 청사진을 내어놓는다고 해도 아동성폭력범죄가 곳곳에 빈발하는 한 우리 사회는 암울한 사회일 수밖에 없다. 경제 발전은 현재의 희망이고 어린이는 우리의 미래라는 점을 명심해야 한다. 이제는.

이슈는 되었지만, 당초 예상했던 여러 가지 논란들이 발목을 잡아 화학적거세법의 국회통과는 쉽지 않은 문제였다. 필요성에 대해서는 모두 인정했지만, 법안의 이름이 주는 거부감과 부작용에 대한 우려 때문에 누구도 적극적으로 도와 주지 못하고 주저하는 눈치였다. 답답한 심정이었다.

저희는 거세떡 안 주세요?
드디어 본회의 통과!
발의에서 통과까지

그 해 10월, 당 차원의 아동성범죄 대책 특별위원회가 구성되어 활동을 시작했다. 그와 동시에 화학적거세법에 대한 논의도 다시 활발히 이루어지기 시작했다.

당에서는 내가 내놓은 소위 3P 플랜, "예방(Prevention), 처벌(Punishment), 보호(Protection)"를 아동성범죄 종합 대책으로 확정했다. 그리고 이에 따라 부수적인 관련 법률들을 개정키로 했다.

그러나 국민들의 불안에도 불구하고, 화학적거세법에 대한 논의는 눈앞의 정치 현안들에 의해 논의가 뒷전으로 밀리기 일쑤였다. 그러던 중, 2010년 3월, 부산에서 여중생을 성폭행하고 살해한 김길태 사건이 발생했다.

안타까운 마음과 자괴감이 들었다. 법안의 통과가 그 여중생의 불행을 막아줄 수는 없었겠지만, 정쟁에 매몰되어 관심조차 갖지 않는 현실에 마음이 아팠다.

김길태 사건 이후 아동성폭력 대책문제에 관한 다른 활발한 논의가 다시 이뤄졌음에도 불구하고, 여전히 화학적거세법에 관한 논의는 인권침해 문제나 효과성 때문에 거의 제자리걸음이었다. "대체 얼마나 많은 아이들의 희생이 있어야 이 법을 통과시킬 거냐"는 울분 섞인 마음마저 들었다.

그런데 사건은 얼마 되지 않아 다시 터지고 말았다. 2010년 6월, 8살짜리 초등학생을 납치해 잔혹하게 성폭행한 '김수철 사건'이 발생한 것이다. 여론이 뜨거웠다. 연일 말만 무성하고 구

부산일보

2010년 03월 09일 화요일 006면 사회

■ '자성의 편지' 보낸 박민식 한나라 국회의원

"정쟁 매몰 아이들 미래 외면 부끄러워"

지난해 '아동 성폭력범 예방 및 치료법'(일명 화학적 거세법안)을 대표발의한 한나라당 박민식(부산 북·강서갑) 의원이 9일 피해자인 고(故) 이모 양에게 자성의 공개편지(전문은 본보 홈페이지 게재)를 보내며 고개를 숙였다.

박 의원은 "정치권이 정쟁에만 매몰돼 있다보니 너희를 보호하는데 꼭 필요한 법안은 뒷전이었다"며 "국회의원 한 명, 한 명이 내 아이의 안전이 경각에 달려 있고, 누구나 잠재적 피해자라는 절박한 심정을 갖고 있었다면 과연 이런 일이 일어났을까 후회한다"고 심경을 피력했다.

박 의원은 "정치인들이 몸싸움하고 아이들의 미래를 외면할때 수많은 '제2의 조두순'들이 거리를 활보하고 있었다"며 "정부도 어린 아이들의 보호와 안전을 돈(재정)의 문제로 보지 않고, 정말 지켜야 할 우리의 미래라고 생각하고 대비해야 했다"고 지적했다.

또 "범죄자의 인권에 관심을 기울이는 것은 마땅하지만 그것을 지나치게 과장한 나머지 또다른 피해를 예방할 수 있는 장치마저도 막은 것 아니냐는 서운한 몫니도 마음속에 부려본다"며 '아동 성범죄에 관용이 있어서는 안된다'는 입장을 재차 강조했다.

그는 "빈소에 국화 한 송이 가져다 놓는 일 밖에 할 게 없는 국회의원이라는 게 부끄러울 따름이다. 지켜주지 못해 미안하다"고 끝을 맺었다.

박 의원은 이날 본보와의 통화에서 "사건이 일어난 뒤에야 자성하는 모습을 보인 것이 정치인으로서 쇼를 하는 것으로 비쳐질지 두렵지만 아이들의 안전과 미래를 위해 정치권 누군가는 진심으로 반성해야 하기 때문에 편지를 쓰게 됐다"고 말했다.

박석호 기자 psh21@

체적인 대안을 내놓지 못했던 정부와 국회에 대한 비난성 기사가 줄을 이었다.

당을 비롯해, 그동안 법안에 대해 미온적인 태도를 보이던 정부에서도 갑자기 적극성을 갖기 시작하면서 모든 일이 일사천리로 진행되기 시작했다. 그리고 6월 30일, 드디어 법안이 통과되었다.

　법안은 다른 의원들의 의견을 반영해 일부 수정되어 의결되었다. 그러다 보니 법안을 최초 발의한 사람으로서 아쉬운 점도 다소 있었다.

　우선 사안의 중대성에 비춰 점진적으로 이뤄져야 할 논의가 지나치게 한순간에 급히 이루어졌다는 점이 아쉬웠고, 그리고 아동성폭력범에 대한 치료와 관리라는 발의 취지보다는 처벌에 더 중점을 두었다는 점에서 원래의 목적과 다소 달랐다. 하지만, 이 법안이 850만 우리의 아이들을 지키는 유용한 수단이 되어 줄 것이라는 점은 믿어 의심치 않았다.

　법안을 발의하고 감사한 마음에 공동발의에 참여해 준 30명의 다른 의원들에게 떡을 돌렸다. 급하게 돌리다 보니 제때 못 받은 사무실에서 우리 사무실로 "거세떡 왜 안 주냐"며 전화를 해왔다. 어떤 의원실에서는 "혹시 발기부전제를 섞은 떡을 돌리는 거 아니냐"는 농담으로 축하를 대신해 왔다.

피해자를 위하여 울어라
출판기념회

2011년 6월, 이 책에 앞서 18대 국회 전반기의 법제사법위원회 위원으로 그리고 사법개혁특별위원회 위원으로 활동했던 내용들을 엮은 『피해자를 위하여 울어라』라는 제목의 책을 세상에 내놨다.

이 책은 앞서도 말한 바 있는 아동성범죄 피해자를 비롯한 범죄 피해자 등의 사회적 약자에 대한 우리 사회의 사법안전망이 과연 튼튼했는가라는 반성에서 출발했다. 하지만 여러 가지 어려운 법들을 입법으로까지 이뤄낸 것에 대해 내 스스로 자랑하고 싶었던 마음도 솔직히 들었고, 또 다른 한편으로는 앞으로 더욱 열심히 하겠다는 의지를 책으로 남겨두는 것도 나쁘지 않겠다는 생각이 들어서다.

그날은 마치 하늘도 함께 우는 듯 비가 많이 왔다. 비가 오는 와중에도 축사를 맡아 준 박희태 국회의장님부터 여야의 선배·동료 의원들까지 특히 많은 국회의원들이 축하를 해 주러 행사장에 들러줬는데, 아무래도 범죄피해자보호기금법 발의에 동참해 준 것이 계기가 된 듯했다. 평소 웬만한 행사에는 잘 참석하지 않던 박근혜 전 대표가 내 출판기념회에 와 준 것도 법안 공동발의에 동참해 주었기 때문이었던 것 같다.

그날 개인적으로는 가장 감사하고, 참석한 내빈들에게는 가장 깜짝 놀랄만한 인물은 따로 있었는데, 다름 아닌 서평을 부탁드린 김용갑 전(前) 의원님이었다. 참석하는 사람들은 거의 대부분 김용갑 의원이 대체 나와 어떤 인연이 있기에 서평까지 맡아줬나 의아해 했을 것이다.

솔직히 김 전(前) 의원님과는 국회에 오기 전까지는 뵌 적이 없었지만, 내 모교인 구포초등학교 선배님이시다. 그리고 비록 일부 언론을 통해 좋지 않게 비춰지기도 했지만, 그 분의 소신과 신념에 찬 말과 행동에 대해 평소부터 존경해 오던 바였다. 특히 18대 불출마선언 때 보여 준 용기는 상당히 인상 깊었다. 국회에 등원하자마자, 선배님에 대한 존경심 하나로 아무 인연도 없이 먼저 연락을 드렸고, 그 후로는 한 해에 두어 번은 찾아뵙는 사이가 되었다. 언제나 뵐 때마다 반갑게 맞아 주시는 마음 따뜻한 분인데, 혹시라도 그 분과의 생각의 차이 때문에 싫어하

는 분이 계시다면 내가 나서서라도 오해를 풀어드리고 싶다.

　그 외에 또 잊지 못할 분들이 있다면 부산저축은행피해자 분들이었다. 행사에 방해가 될까봐 일부러 미리 와서 인사를 하고 대부분 가셨는데, 배려심에 감사했고, 사실 도움을 드리고 함께 울어야 할 피해자임에도 불구하고 그러지 못하는 게 죄송스러웠다.

　'책은 다 썼지만, 적을 내용이 아직은 더 많이 남았구나!' 느낀, 그런 날이었다.

법은 만들어졌지만 제 2 · 제 3의 조두순, 어떻게 막을 것인가

법이 통과되고 난 후에도 인권논란과 이 법이 아동성범죄 예방에 얼마나 실효성이 있을지에 대한 문제 제기는 계속되었다. 이에 대한 당시, 언론과의 인터뷰를 통해 나의 솔직한 생각과 계획을 밝혔다.

『중앙SUNDAY』
'화학적 거세법' 최초 발의한 한나라당 박민식 의원
"성욕 억제 약물 투여는 충동 억제할 뿐 인권침해 아니다"

외무고시에 합격(22회)했지만 외교관이 적성에 맞지 않았다. 다시 사법시험을 쳐 1993년 검사(35회)가 됐다. 그에겐 서울중앙지검 특수부장이 꿈이었다. 검사 시절 아침에 일어날 때마다 오늘은 누구를 구속할까를 생각하면 에너지가 넘쳤다고 한다. 특

중앙SUNDAY
2010년 07월 04일 일요일

'화학적 거세법' 최초 발의한 한나라당 박민식 의원

"성욕 억제 약물 투여는 충동 억제할 뿐 인권침해 아니다"

조광수 기자 pinejo@joongang.co.kr

화학적 거세법은 마스터키는 아니

박민식 한나라당 의원이 2일 국회 의원회관에서 열린 '화학적 거세 방안'에 대한 토론회를 준비하고 있다. 박 의원은 "화학적 거세는 피해자의 입장에서 봐야 한다"고 강조했다.

하루에도 3~5명 아동 성범죄 신고
피해 아동, 충격서 평생 못 벗어나
사회 전체가 내 일처럼 나서야
선진국서도 20년 전부터 시행

수부 검사 시절, 국정원 도청사건 주임검사로 신건·임동원 전 국정원장을 구속했다. 2006년 법조비리사건도 수사해 현직 고법 부장판사와 부장검사, 경찰서장을 잇따라 구속했다. 그러는 과정에서 적이 늘었다. 상사와의 마찰은 의욕을 잃게 했다. 특수부장의 꿈을 접고 검찰을 떠난 그는 2008년 18대 국회의원 선거에 한나라당에 공천을 신청, 당시 정형근 의원을 탈락시키고 출마해 당선했다.

의정 생활 2년을 갓 넘긴 한나라당 박민식(45·부산북·강서갑) 의원 얘기다. 법사위 소속인 박 의원이 최근 화제의 중심에 섰다. 지난달 29일 오후 본회의에서 '성폭력 범죄자의 성충동 약물 치료에 관한 법률안'이 통과되면서다. 이 법안의 최초 발의자가 박 의원이다. 국회를 통과한 것은 수정안인데 원안은 그가 2008년 9월 여야 의원 30명의 서명을 받아 대표 발의한 '상습적 아동 성폭력범의 예방 및 치료에 관한 법률안(일명 '화학적 거세' 법안)'이다. 법안은 발의 이후 1년19개월 동안 캐비닛 안에서 낮잠을 잤다. 그러다 지난달 28일 국회 법사위 소위원회가 다시 꺼내 들었다. 6월 초 서울 영등포구의 한 초등학교에서 발생한 김수철 사건이 직접적인 계기였다.

소위를 이틀 앞둔 지난달 26일 동대문구에서 또다시 초등학생 성폭행 사건이 발생하면서 분위기가 급박해졌다. 의원들은 이구동성으로 "여론이 안 좋으니 이번에 화학적 거세법안을 통과시키자"고 했다. 논의는 일사천리로 진행됐다. 일부 내용과 법안 명칭이 변경되면서 수정안으로 제정된 것이 '성충동 약물치료법'이다.

박 의원을 2일 서울 영등포구 여의도동 국회의원 사무실에서 만났다. 박 의원은 "일단 법안이 통과된 것은 반갑지만 아동 성폭행범의 약물치료에 중점을 둔 원안에 비해 수정안은 처벌에 무게가 실려 아쉽다"고 했다. 그는 인터뷰하는 동안 '진정성'이란 단어를 여러 차례 언급했다. 늘어나는 성범죄를 막기 위해서는 공동체 구성원들 전부가 진정성을 갖고 내 일처럼 행동에 나서야 한다는 뜻이었다.

– 수정안은 처벌 강도가 원안보다 세졌다. 크게 달라진 건 뭔가?

"원안에 등장하는 '화학적 거세'라는 용어가 수치심과 거부감을 줄 수 있다는 이유로 '성충동 약물치료'로 수정된 것은 좋다고 본다. 그러나 원안에 25세 이상이었던 이 법 적용 대상자의 연령이 논의 과정에서 19세 이상으로 낮춰졌다. 청소년 기본법상 '청소년은 9~24세'로 규정돼 있다. 의학적으로 24세까지는 성장을 계속한다고 한다. 성장이 끝나지 않은 청소년에게 호르몬 주사를 놓는 것은 바람직하지 않다고 판단해 25세 이상으로 한 것이다. 이게 수정안에서 바뀐 데는 일부 의원이 '혈기 방장할 때 효과가 크다'고 주장한 것과 전자발찌 부착 연령이 19세 이상인 것이 반영됐다. 피해자 연령도 13세 미만에서 16세 미만으로 확대됐다. 화학적 거세 치료 명령을 내릴 때 기본적으로 성폭행범 본인 동의가 불필요하다는 쪽으로 정리됐다. 상습범이 아닌 초범도 법 적용 대상에 포함됐다. 전체적으로 수정안은 처벌이 강화됐다."

– 법안 발의 후 제정까지 어려웠던 점은?

"나도 초등학교 4학년 딸과 2학년 아들을 둔 아버지다. 더욱이 검사 출신 국회의원으로서 성범죄를 줄여야 한다는 생각을 갖고 있다. 법안 발의 당시 자비를 들여 교수 그룹에 연구용역을 주고 찬반 여론조사까지 했다. 발의 후 1년이 지난 지난해 11월 조두순 사건 직후 첫 공청회가 열렸고 올 2월 부산에서 여중생을 성폭행하고 살해한 김길태 사건 때는 법사위에서 두 차례 논의가 됐다. 하지만 그때뿐이었다. 사건이 사람들의 관심에서 멀어지면 법안도 흐지부지됐다."

— 법 제정으로 아동 성범죄가 근절될 것으로 보나?

"아니다. 850만 우리 아동을 지키는 유용한 수단이 되겠지만 이것이 마스터키는 아니다. 다만 상황이 절박하다. 사법 당국에 하루 3~5명의 아동 성범죄가 신고된다. 신고는 발생의 10%도 안 된다. 아동 성범죄가 횡행하는 수준이다. 강도가 유리창을 깨고 들어오는 순간 남편과 아내가 칼 들래, 총 들래 하면 이미 늦은 것이다. 갑론을박할 시간에 방망이라도 들어야 하지 않겠다."

— 인권 침해와 실효성 논란도 끊이지 않았다.

"전자발찌나 신상 공개 등 새로운 제도를 도입할 때마다 그랬다. 어떤 제도든 100% 완벽한 대책이란 있을 수 없다. 인권 선진국이라고 하는 미국·유럽 등의 나라에서 20년 전부터 이 제도를 시행하고 있고 도입 국가는 점점 늘어나는 추세다. 약물을 투여해 일시적으로 성충동을 제어하는 것이어서 인권 침해도 아니다."

— 바람직한 화학적 거세 요법은?

"처벌이 아니라 치료다. 그간 아동 성범죄자에 대해서는 처벌 위주로 형량을 높이고 가두고 감시하는 쪽에 집중해 왔다. 새로운 접근 방법이 필요하다. 아동 성범죄자는 사이코, 정신병 환자들이다. 김길태는 '자기 안에 괴물이 있다'고 했다. 그 괴물을 그대로 둔 채 감옥에 가두고 폐쇄회로TV(CCTV)를 설치해 봤자 소용없다. 원인을 찾아 치료를 해야 한다."

박 의원은 화학적 거세를 둘러싸고 불필요한 오해가 많다고 지적했다. 거세라는 용어에서 오는 거부감이 크다는 것이다. 이는 화학적 거세를 물리적(외과적) 거세와 혼동해 느끼는 공포라고 했다. 약물치료를 중단하면 성욕이 오히려 세진다는 주장은 의학적 근거가 없다고도 했다. 그는 "화학적 거세는 성욕 억제 호르몬 주사만 맞는 게 아니라 행동치료·심리치료를 병행하기 때문에 효과가 있는 것"이라고 말했다.

– 성범죄를 줄이기 위해서 무엇을 해야 하나?

"성범죄는 검거율 자체가 낮다. 피해자가 6~7세여서 진술이 일관성이 없다. 형량도 낮다. 대부분 집행유예가 선고된다. 그런 점에서 3P가 중요하다. 예방(prevention)과 처벌(punishment), 피해자 보호(protection)다."

– 인터뷰 도중 '진정성'이란 말을 수차례 언급했는데.

"다른 범죄에 비해 아동 성범죄는 '트라우마'라고 해서 충격이 평생 간다. 우리 애한테만 안 생기면 된다는 소극적 사고를 버리고 공동체가 나서야 한다. 우리 아이들이 잠재적 피해자다. 진정성을 갖고 행동해야 한다. 뇌물 주고 횡령하는 것은 사법 당국이 처벌하면 되지만 성범죄는 다르다. 사회적 그물망을 촘촘히 구출해야 한다."

『중앙SUNDAY』 인터뷰 중에서

피해자를 위하여 울어라
_ 범죄피해자보호기금

2010년 4월 21일, 피해자보호기금법이 재석 202인 중 찬성 186인으로 본회의에서 통과했다. 개인적으로 화학적거세법, 채권의 공정한 추심에 관한 법에 이어 세 번째로 발의한 법이자, 화학적거세법과 함께 많은 심혈을 기울인 법이어서 더욱 감회가 남달랐다. 특히 이 법은 나와 법제사법위원회 의원 전원을 포함한 총 103명의 의원이 발의에 동참해 언론에서도 많은 관심을 보였다.

이 법은 이처럼 모든 의원들이 그 뜻에 동감했음에도 불구하고, 기금이라는 이유 때문에 솔직히 통과가 가장 요원했던 법이었다. 기금은 특정한 목적을 위해 운용되는 예산으로써, 재정당국의 입장에서 보면 자신들의 통제를 벗어나 신축적으로 운용

할 수 있는 자금이 있다는 점과 예산이라는 커다란 상자에 새로
운 칸막이를 치게 되는 결과가 되어 예산의 효율적인 운용을 막
기 때문에 될 수 있으면 만들기 싫어할 수밖에 없고, 그 만큼 많
은 반대에 부딪혔다.

기금법 통과가 얼마나 어려운지 일례를 들자면, 박근혜 전 대
표가 17대인 2005년에 발의한 문화재보호기금법은 재정당국의
반대로 결국 당시 통과되지 못하고, 18대인 2009년으로 넘어와
간신히 통과되었다. 총 4년여의 시간이 걸린 셈이다. 소위 말하
는 여당 실세도 어찌 못하는 것이 기금법인 것이다.

이 법이 통과될 무렵에 김길태 사건이 발생했는데, 그 당시
정부가 범죄피해자보호법이나 구조법에 의해 유가족에게 지급

할 수 있는 구조금이 3,000여만 원에 불과했다. 그 전에 일어난 조두순 사건의 경우도 마찬가지였다. 사고 후 실제로 지원 받은 것은 응급진료비 300만 원가량밖에 되지 않았다. 그나마 후에 구조금을 지원한다 하더라도 최대 1,000만 원에 불과했다.

그에 반해, 당시 조사한 자료에 따르면 범죄자 1인당 연간 지원되는 금액은 1,920만 원이었다. 이는 범죄자 교정예산 9,413억 원을 전체 수용 인원으로 나눈 결과다. 좀 부풀려 이야기 하면, 죄 지은 사람은 국가에서 먹여 주고 재워 주는 덕에 발 뻗고 편히 자는데, 피해자와 그 가족들은 평생 지우지 못할 상처와 불안감에 대해 국가가 수수방관하는 게 대한민국의 현실이었다.

결국 이 법이 예외적으로 신속하게 처리될 수 있었던 것은 어찌 보면, 많은 선량한 국민들의 희생이 있었기 때문이었다.

우리 사회에서 범죄를 영원히 없애는 것은 불가능할 것이다. 하지만, 설령 누군가가 범죄로 인해 씻지 못할 아픔을 겪었더라도 국가가 나서서 그들을 보호하고 상처를 어루만져 준다면 그들은 다시 일어날 수 있을 것이다. 아니, 최소한 누군가 그들을 위해 함께 울어만 준다고 하더라도, 그들은 세상 속에서 외롭지 않을 것이다.

'범죄피해자보호기금법안' 21일 본회의 통과!

꽃다운 나이에 목숨을 잃은 '김길태 사건'의 피해 유족에게
정부 지원금 2천 5백여만 원이라는 현실은
너무나도 부당합니다.

본 법률안의 통과로
매년 1조 5천억 원에 달하는 벌금의 4% 이상을
기금 재원으로 마련하는
'범죄피해자보호기금'을 설립하여
2011년 회계연도부터 시행에 들어가게 되었습니다.
범죄피해자와 그 가족들에게
안정적이고 실질적인 지원이 가능하게 된 것입니다.

이것은 끝이 아니라 시작입니다.
범죄피해자 지원은 재정(돈)이 아닌, 인권의 문제입니다.
더 이상 혼자 우는 범죄피해자가 없도록,
우리 850만 아이들이
안심하고 살아갈 수 있는 사회를 위해
국회 계류중인 법률안(국가재정법)이
조속히 통과될 수 있도록
지속적으로 추진해 나가겠습니다.

〈2010년 4월 국회의원 박민식〉

함께 공동으로 발의해 준 의원

강기갑 강길부 강명순 강석호 강승규 고승덕 곽정숙 구상찬 권영세 권택기
김금래 김낙성 김무성 김부겸 김선동 김성곤 김성수 김성조 김세연 김소남
김영록 김영우 김옥이 김용구 김장수 김재경 김정권 김정훈 김태원 김효석
남경필 노철래 박근혜 박대해 박민식 박순자 박영선 박은수 박준선 박지원
배영식 서병수 손범규 손숙미 송광호 송훈석 신성범 안경률 안규백 안상수
안효대 우윤근 원유철 원희룡 유선호 유성엽 유재중 유정현 이경재
이계진 이군현 이범관 이범래 이사철 이상득 이성남 이시종 이은재 이정선
이정현 이종구 이종혁 이주영 이진복 이철우 이춘석 이한성 이화수 장광근
장윤석 장제원 전현희 정갑윤 정몽준 정미경 정의화 정해걸 조배숙
조순형 조원진 조윤선 조진형 주광덕 주성영 주승용 최병국 최인기
허태열 현경병 현기환 홍일표 홍정욱 홍준표

\
피해자를 위하여 울어라
_ 양형기준법

양형(量刑)이라 함은 쉽게 말해 죄에 해당하는 형벌의 정도를 정하는 것을 말한다. 어릴 적, 부모님이랑 거짓말 하면 회초리 5 대, 숙제 안 하면 손들기 10분, 이렇게 약속하는 것도 일종의 양형인 셈이다.

2009년 4월 대법원 제1기 양형위원회가 우리나라 사법사상 처음으로 성범죄, 살인죄, 뇌물죄 그리고 강도, 횡령 · 배임, 위증 · 무고죄 등에 대해 양형의 기준을 확정했다. 사법 불신의 원인이 되는 '고무줄 판결'의 시비를 줄여가기 위해서였다. 하지만, 그 내용은 법원의 실무를 단순히 반영했을 뿐, 국민의 건전한 법 상식은 반영하지 못했다는 것이 당시 내 생각이었다.

내 생각이 옳았다고 확인되기까지는 얼마 걸리지 않았다. TV를 통해 조두순 사건이 알려졌을 때, 이미 그는 징역 12년이 확정된 뒤였다. 당초 검찰에서는 무기징역을 구형했으나, 법원에서 징역 12년을 선고했다. 국민의 법 감정으로는 무기징역도 모자란 판에 술에 취해 있었다는 이유로 징역 12년으로 감해 준 것이다.

이 사건을 계기로 양형기준이 도마 위에 올랐다. 법원이 정한 양형기준은 많은 문제가 있었다. 가장 큰 문제는 국민의 의견을 반영하지 못했을 뿐만 아니라 기왕에 정해진 기준마저도 제대로 따르지 않고 있다는 것이었다.

이 문제를 바로잡기 위해 우선 당 차원의 사법제도개선특별위원회가 구성되었다. 그리고 위원회에서 양형기준법 제정안을 내 이름으로 발의하였다.

이 법안에서는 국민의 의견을 보다 적극적으로 반영하기 위해 대법원 소속의 양형위원회를 대통령 소속으로 바꾸는 내용과 법원이 양형기준을 벗어나 형을 선고하는 경우에 그 사유를 구체적으로 기재하도록 하여 검사 또는 피고인이 양형기준에 벗어난 판결에 대해 상소할 수 있도록 했다.

예상했던 대로 법원의 반발이 거셌다. 의원실에서 주최하는 관련 토론회에 불참하는 것은 물론, 국회에 나타나 관련된 상임위원회의 의원들에게 법원의 입장을 설명하러 다니는 모습이

공공연히 목격되었다. 법원은 양형기준에 대한 국회의 의견제
시를 사법권 독립이라는 이유를 대며 거부했다. 그러나 그것은
법원의 기득권 지키기로밖에 보이지 않았다.

한미 FTA, 정부 예산안 문제, 거기에 다가올 총선과 대선 때
문에 양형기준에 대한 논의는 현재 수면 아래로 가라앉은 상태
이다. 하지만 화학적거세법, 그리고 범죄피해자보호기금법과
마찬가지로 양형기준법은 언젠가 국회에서 통과될 것이라 믿는
다. 왜냐하면 그것이 바로 국민들의 눈높이에서 바라본 상식이
기 때문이다.

朝鮮日報

2011년 10월 22일 토요일 A10면 사회

강간범 174명 중 58명이 1심서 풀려나는 한국

양형, 무엇이 문제인가 [中] 법원의 온정주의

\

안녕하세요,
박민식입니다

지역발전의 기본은 말하기 전에 먼저 듣는 것이다. 어디가 가려운지 먼저 알아야 긁어 줄 수 있는 법이다. 제아무리 길을 닦고 건물을 세운다고 하더라도, 사람들이 무슨 소용이냐며 가지 않으면 그것은 내 자신만의 만족을 위한 것, 그 이상도 그 이하도 아니다.

듣는 것에도 진짜 듣는 것과 가짜로 듣는 것이 있는데 TV나 신문을 통하거나, 남을 통해 전해 듣는 것은 진짜 듣는 것이 아니다. 직접 사람들 틈으로 들어가서 함께 부딪히며 살아 있는 목소리를 듣는 게 바로 진짜로 듣는 것이다. 흔히들 국회의원을 '마이크 잡으려고 안달난 사람'이라고 하는데 지역에서 만큼은 '듣고 싶어서 안달난 사람'이 되어야 하는 것이다.

그러기 위해선 우선 길거리로 나가야 하는데 정치 초년 시절에는 이게 얼마나 힘들었는지 모른다. 운이 좋아 적극적으로 다가와 주고, 인사라도 살갑게 받아 주면 좋으련만 어쩌다 모른 척 쌩하고 지나가 버리거나 핀잔이라도 한 소리 먹을 때면 잔뜩 위축되곤 했다.

그랬던 내가 이제는 어느새 넉살 좋은 사람이 다 되어 버렸다. 이제는 피해가는 사람도 따라가서 잡는다. 핀잔을 주든 말든 조금이라도 더 들으려고 아예 죽치고 앉을 때도 있다. 설령 잘 모르는 동네 주민이라도 웃는 낯으로 넙죽 인사부터 하니, 이제 좀 알아보는 국회의원 티가 나는 것도 같다.

고참 의원들을 보면 통상 지역구 행사에서 축사하기 바쁜데, 나는 고리타분한 축사보다는 함께 어울리는 것을 즐기는 편이다. 축구대회나 야구대회에 축사라도 하러 가는 날이면 축사 끝나고 한 게임 껴 볼 요량으로 운동복과 운동화를 꼭 챙겨간다.

새벽 산에 오르는 것도 워낙에 좋아하다 보니 지역에 내려가면 꼭 새벽 산행 일정을 잡는다. 좋아 하는 운동도 하고 지역 사람들 목소리도 들으니 나로서는 일석이조인 셈이다. 그렇게 돌다 보면 새벽에 산에서 만난 사람이랑 점심때는 축구하고, 저녁때는 술 한 잔 하는 경우도 가끔 생기는데, 그 중 어떤 분들은 "정말 체력 하나는 타고 난 것 같다"라며 감탄하는 분들도 계신

다. 사족을 붙이자면, 어떤 일을 하든지 체력만큼 중요한 것은 없겠지만, 정치인만큼 체력이 중요한 직업도 없는데 그 점에서 난 축복받은 유전자를 가진 사람이다.

이렇게 직접 발품을 팔며 사람들의 이야기를 듣다 보면 우리 지역의 문제점이 뭐고 해결방안이 뭔지 앉아서 보고 받는 것보다 확실하게 알 수 있게 된다. 국회의원은 역시 발품을 파는 만큼 더 많은 것을 얻어 가는 것 같다. 정치권이 민심과 동떨어져 있다는 소리를 듣는 것은 아마도 이런 발품을 파는 노력이 덜해서이지 않을까 생각한다.

그러기 위해서 난 시간 날 때마다 "안녕하세요, 박민식입니다"라는 말 한마디 챙겨 들고 구포로, 덕천으로 그리고 만덕으로 발품을 팔러 나선다.

어르신 몸 건강히 잘 계세요,
제가 매년 찾아뵙겠습니다

의정보고란 회사로 치자면 일종의 영업 실적보고와 같다. 승진도 하고 보너스도 받으려면 일도 잘해야겠지만, 실적보고를 통해 내가 회사발전에 얼마나 잘 이바지하고 있는지 알리는 것도 일하는 것 못지않게 중요하다.

2009년 2월, 처음으로 지역의 빙상경기장을 빌려 의정보고회를 열었다. 18대 등원 후, 첫 해의 성과에 대한 의정보고회라 궁금도 하고, 기대도 크셨는지 많은 지역 주민들이 찾아와 주셨다. 호응도 좋았던 만큼 나름대로 뿌듯했다. 의정보고서는 가가호호 발송해 놨겠다, 의정보고회까지 성황리에 치르고 나니, 이 정도면 "내가 한 해 농사 얼마나 잘 지었는지 알아봐 주시겠지" 내심 기대하는 마음이 들었다.

  의정보고회 이후 평소와 다름없이 지역을 다니며, 지역 주민
분들의 이야기를 들어 보았다. 들으면서 한편으로는 그동안에
한 일들에 대해서 말씀 드렸더니, 아는 분이 얼마 되지 않았다.
그나마도 "어디서 그런 얘기는 들었어요?" 하는 분들은 정말 고
마울 따름이었다.
  결국, 나 편하자고 눈앞에 보이는 현실에만 만족한 셈이었다.

  "이렇게 해선 안 되겠구나"라고 깨닫고, 갈 수 있는 곳이라면
일일이 찾아다니면서 보고를 드려야겠다고 마음을 먹었다. 그

래서 시작한 것이 '찾아가는 의정보고회'였다.

일단 어르신들이 계시는 경로당을 먼저 찾아갔다. 선거법 때문에 음료수 하나 못 들고 가면서 염치없이 솔직히 자기자랑만 하러 갔는데, 오히려 아껴 드시려고 꼭꼭 숨겨두었던 음료수를 내오실 때면 너무 염치가 없어 송구스러웠다.

어르신들과 이야기를 나누면서 새삼 내가 잘했다고 자랑했던 일들이 어떤 사람들에게는 얼마나 부질없는 것인지 깨닫게 되

었다. 어르신들이 원하는 것은 내가 공약으로 내세웠던 거창한 것들과는 거리가 멀었다. 그 분들이 원하는 것은 "겨울을 따뜻하게 나셨으면 좋겠다, 버스정류장이 좀 가까운 데 있었으면 좋겠다" 하는 당신들의 실생활과 관련된 것들뿐이었다.

상대가 어디가 가려운지 정확히 알고 긁어줬어야 하는데 내자랑 하느라 어디가 가려운지도 물어보지 못하고 준비도 하지 않고 간 셈이다. "내가 너무 큰 숲만 보려 하고, 나무는 보지 못했구나"라고 반성할 수밖에 없었다.

한 수 배운 의정보고회를 마치고 나오는데 어르신들이 먼저 "몸이 불편해서 의정보고회에 못 가봐 미안하다"며 인사를 건네주셨다. 나는 그런 어르신들께 약속을 했다. "어르신 몸 건강히 잘 계세요. 제가 매년 찾아뵙겠습니다"라고.

스마트한 세상에 도움을 받다.
의정활동도 스마트하게

    예전엔 국회의원이 타자만 잘 쳐도 대단하게 보던 때가 있었는데, 지금은 스마트폰은 물론이고 태블릿 PC를 들고 다니며, 능수능란하게 쓰는 모습을 심심치 않게 본다.

    이런 저런 이유로 요새 참 세상 좋아졌다는 생각을 많이 하게 되는데, 특히 스마트폰 때문에 더 그런 생각을 갖게 된다. 사실, 전화라고 하면 통화나 문자 그리고 가끔 사진이나 찍는 기계인 줄 알았던 내게 스마트폰은 그야말로 신세계였다. 손바닥만한 전화 하나로 인터넷 검색, 이메일, 일정 관리, 게다가 실시간 메신저까지 된다는 건 상상조차 할 수 없는 일이었다.

    여러 가지 많은 기능들이 모두 새로웠지만, 무엇보다 트위터

나 페이스북과 같은 SNS를 통해 누구와도 소통할 수 있다는 것
은 특히나 대단한 일이었다. 사실 홈페이지니 블로그니 아무리
만들어 놔 봤자 방문객도 적고, 소통도 제대로 되지 않아 고민
하던 차에 SNS는 아주 유용한 열린 소통의 창구가 되어 주었다.

굳이 SNS가 아니더라도 스마트폰, 그 자체가 지역 활동에 도
움이 많이 된다. 지역을 돌아다니다가 사람들을 만나면, 어색한
마음도 녹일 겸, 스마트폰을 이용해 함께 사진도 찍고 찍은 사
진을 바로 전송해 주기도 한다. 웃는 얼굴로 "이렇게 뵙게 된 것
도 인연인데 사진 한 번 같이 찍으시죠?" 하는데 웬만해서 거절
하는 사람은 없다. 그렇게 하다 보면 연락처도 자연스럽게 주고
받게 되는데, 짬날 때마다 사진을 보며 그 때를 떠올려 안부 문

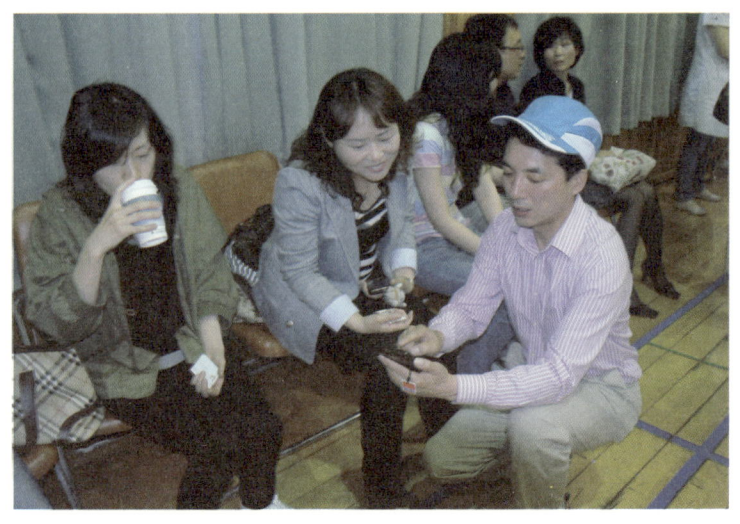

자 메시지라도 한 통 보내면 대부분 반갑게 답해 준다.

나중에는 먼저 메시지를 보내 주시는 분들도 계셨는데, 나 못지않게 지역에 대해 애정을 갖고 좋은 의견을 주시는 분의 메시지를 받을 때면 너무나 감사할 따름이다. SNS를 통해 다양한 이야기를 남겨 주시는 분들도 마찬가지다.

한 번은 이 이야기가 "어깨 힘 빼고 지역민과 스킨십"이라는 제목으로 일간지에 실렸다. 그저 아는 분들과 안부 인사 정도 나누었는데, 스킨십이라고까지 기사가 과장된 면이 없지 않았지만, 열심히 소통하고 있다는 칭찬인 셈이니 기분은 좋았다.

아무튼 다양한 소리를 들을 수 있고, 많은 사람들과 이야기할 수 있는 스마트한 세상이 와줘서 고맙다.

어느 어르신과의 문자 대화

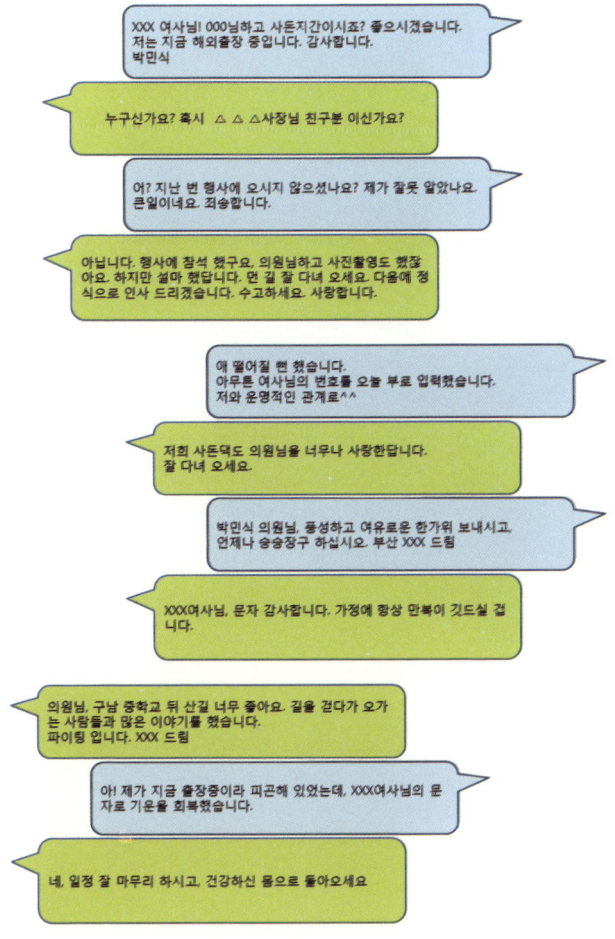

XXX 여사님! OOO님하고 사돈지간이시죠? 좋으시겠습니다. 저는 지금 해외출장 중입니다. 감사합니다.
박민식

누구신가요? 혹시 △△△사장님 친구분 이신가요?

어? 지난 번 행사에 오시지 않으셨나요? 제가 잘못 알았나요. 큰일이네요. 죄송합니다.

아닙니다. 행사에 참석 했구요. 의원님하고 사진촬영도 했잖아요. 하지만 설마 했답니다. 먼 길 잘 다녀 오세요. 다음에 정식으로 인사 드리겠습니다. 수고하세요. 사랑합니다.

애 떨어질 뻔 했습니다.
아무튼 여사님의 번호를 오늘 부로 입력했습니다.
저와 운명적인 관계로^^

저희 사돈댁도 의원님을 너무나 사랑한답니다.
잘 다녀 오세요.

박민식 의원님, 풍성하고 여유로운 한가위 보내시고,
언제나 승승장구 하십시오. 부산 XXX 드림

XXX여사님, 문자 감사합니다. 가정에 항상 만복이 깃드실 겁니다.

의원님, 구남 중학교 뒤 산길 너무 좋아요. 길을 걷다가 오가는 사람들과 많은 이야기를 했습니다.
파이팅 입니다. XXX 드림

아! 제가 지금 출장중이라 피곤해 있었는데, XXX여사님의 문자로 기운을 회복했습니다.

네, 일정 잘 마무리 하시고, 건강하신 몸으로 돌아오세요

의원님, 이젠
그만 말씀하셔도 됩니다

공약 실현은
오픈북 테스트

지역구 공약을 실행해 가는 것은 마치 책을 펴놓고 문제를 푸는 오픈북 시험과 같다. 학창 시절, 오픈북 시험이라고 하면 마냥 좋아할 수만은 없었다. 오픈북 시험이라는 게 책 속에서 그 답을 찾아서 써 내면 그만이라고 생각하겠지만, 보통은 그 답을 단번에 찾기도 힘들고, 통상 도출과정은 스스로 적어내야 하기 때문에 어려움을 겪는 경우가 많다.

지역구 공약도 마찬가지다. 무엇을 해야 하는지는 알지만 그 답을 어디서 찾아야 하는지 알기가 어렵다. 때로는 답은 찾았는데 어떤 공식을 써야 그 답이 나오는지 알기 힘들 때도 다반사다. 결국 시험이 끝날 때까지 한 순간도 긴장을 늦출 수 없는 것이 바로 지역구 공약 실현이다.

　18대 출마하면서 내세웠던 공약들의 대부분이 그런 답은 쉬운데 과정이 어려운 것들이었다. 마음 같아선 진작 다 지켜졌어야할 약속들이지만 사실은 진행중인 것들이 대부분이다. 그나마도 많은 분들이 관심을 갖고 성원해 주신 탓에 모자란 부분들을채워가며 많이 헤매지는 않은 것은 다행이다.

사장님, 해 주실 때까지
계속 괴롭힐랍니다

"사장님, 해 주실 때까지 계속 괴롭힐랍니다."

LH공사 이지송 사장에게 내가 직접 한 이야기다. 보좌진이 LH공사 직원들과 협의하는 것과 별도로 내가 직접 LH공사 사장과 임원을 만난 횟수만 해도 2011년 말 기준으로 13번이었다. 2008년 중반부터 의정활동을 시작한 점을 고려하면 분기별로 1번씩을 꼬박꼬박 만나 매달린 셈이다.

만덕에 사는 분들이 누구보다 잘 알고 있겠지만, 부산시가 1976년 만덕동 동쪽 산허리를 깎아내고 연립주택을 지어 정책 이주촌을 조성한 이후 만덕에는 아파트와 주택 등의 개발이 한꺼번에 활발히 이루어지기 시작했다.

　그러다 보니 대개의 주택들이 노후되고 환경 또한 개선이 시급했다. 그래서 당초 만덕 5지구가 2001년 주거환경개선지구로 지정이 되었을 때에는 재개발이 유력했다. 그러나 2009년 3월 LH공사가 국내외 경기침체와 LH공사의 사업비 부족 등을 이유로 일방적으로 중단했고, 이후 보상을 해 준다는 말만 무성하게 늘어놓고 차일피일 미뤄왔던 것이다.

　2011년 9월, 될 때까지 계속 괴롭히겠다는 협박(?)이 통했는지, 아니면 너무나 귀찮게 해서 그랬는지는 몰라도 드디어 LH공사의 사업구조조정 이후 전국에서 처음으로 만덕 5지구 주거환경개선지구에 대한 보상이 재개되었다.

하지만 문제는 여기서부터 다시 시작되었다. 보상을 해 준다고 잔뜩 생색을 내더니, 현실을 반영하지 않고, 보상이 중단되기 전인 2007년의 공시지가를 적용해 버렸다. 한 마디로 주민들 입장에서 보면 LH공사가 말 그대로 '날로 먹으려는 심산'인 셈이었다. 당장에 화가 난 주민들은 들고 일어났고, 보상을 재개하겠다는 LH공사의 말만 믿고 안심하고 있었던 나 또한 적잖이 당황했다.

주민들은 비상대책위원회를 구성했고, 보상 지연은 토지공사와 주택공사의 합병과정에서 발생한 일이므로 귀책사유가 LH공사에 있음을 주장했다. 또한 해당 지역의 30%가 국공유지이고, 이미 기반 조성비 297억이 국비로 지원되었으므로 사업원가가 절감되는 만큼 현실적인 보상이 이뤄져야 함을 주장했다.

나 또한 LH공사와 이 문제에 대해 다시 협의를 시작하는 한편, 국무총리에게도 공식적으로 항의를 하기로 결심했다. 만덕 5지구 보상 문제는 연기된 다른 지역의 보상 문제에 있어서도 선례가 될 수 있다는 점에서 비단 특정 지역의 문제가 아닌 전국적인 문제이기 때문이었다.

보상재개라는 결과를 이끌어 내기까지 오랜 시간 쉽지 않았던 만큼 보상가 현실화 문제도 쉽지 않은 문제이다. 하지만 결자해지(結者解之), 어차피 처음 매듭을 풀기 위해 꼬인 실타래에 손을 대었다면 끝까지 풀어내는 것이 내 임무이자 사명이라고 생각한다.

박민식 의원 서민들, 특히 지방의 서민들의 주거환경과 관련해서 질문하겠습니다.

우리 정부 부동산정책, 쉽게 말하면 뭐라고 할 수 있습니까?

김황식 국무총리 의식주의 근간인 주거가 쾌적하게 또 여하튼 전·월세가 되었든 소유가 되었든 간에 안정적으로 주거를 활용할 수 있도록 이렇게 만드는 것이 정부의 기본 정책이라고 볼 수 있겠습니다.

박민식 의원 쉽게 말해서 서민들이 싼 값에 좋은 주택을 구입하는 것, 이렇게 볼 수 있는 것 아니겠습니까?

김황식 국무총리 예.

박민식 의원 총리님, 서민들한테는 집이라는 것은 먹는 것과 입

는 것과 달리 자기 인생 전체다 저는 이렇게 보는데, 어떻게 동
의하십니까?

김황식 국무총리 예, 동의합니다.

박민식 의원 주거환경 개선사업이라고 혹시 아십니까?

김황식 국무총리 예.

박민식 의원 내용이 어떤 겁니까?

김황식 국무총리 아시다시피 지금 재개발사업이 있고요, 또 어떤
지역 단위로 해서 환경을 개선을 하는, 그래서 살기 좋은 주거
환경을 만드는 그런 사업입니다.

박민식 의원 쉽게 말하면 저소득층 주민들의 열악한 주거환경
또 기반시설을 개선하는 것이다……

김황식 국무총리 예.

박민식 의원 그런데 지방에 있는 많은 서민들은 LH공사가 수도권 보금자리 주택사업에 쉽게 말해서 올인해 가지고 지방 주거환경 개선사업에는 상당히 소극적이다 이런 평가를 내리고 있는데, 어떻게 생각하십니까?

김황식 국무총리 아시다시피 주거환경 사업에 대해서 LH가 관여하게 되는데 채무의 과중, 재무건전성 문제 때문에 많은 부분에 대해서 사업을 포기하거나 축소하거나 또는 뒤로 미루는 그런 조정이 필요했기 때문에 많은 지역의 사업이 차질을 빚고 그에 따라서 많은 주민들이 고통을 받고 있다 하는 것은 잘 알고 있습니다.

박민식 의원 화면 한번 보십시오.

(영상자료를 보며)

여러 가지 주거환경개선지구가 있습니다마는 예를 하나 들어 보겠습니다.

10년을 끌다가 보상이 막 이루어진 찰나입니다.

총리님, 그런데 서민들은 그동안에 정부를 믿고 좀더 좋은 자기 집 갖기 위해서 비가 새고 마룻바닥이 내려앉아도 수리도 안 하고 10년 기다렸습니다. 그런 고통 이해하십니까?

김황식 국무총리 예, 이해합니다.

박민식 의원 그런데 예컨대 2008년도에 보상을 하겠다 공고까지 다 하고 통지서까지 다 나갔습니다. 그러다가 2년 반 지나서 이제 다시 보상을 합니다. 그런데 그 사이에 다른 아파트 값이 2배로 올랐습니다. 그러면 그 주민들은 어디로 가야 됩니까? 이 보상금 받고는 갈 데가 없습니다.

주거환경 개선사업의 취지가 뭡니까? 그 주민들이 갔다가 환경개선사업이 종료되면 다시 입주하는 것이 취지 아니겠습니까? 계획대로 보상을 안 해 놓으니까 그 사이에 집값이 2배로 뛰어서 오도 가도 못하는데 이것은 누가 책임을 져야 됩니까?

답변을 좀 해 주십시오.

김황식 국무총리 그와 같은 일이 생긴 것은 아까 말씀드린 바와 같이 LH 경영 악화, 부동산 경기 위축 이런 것들이 원인이 되었지만 또 보상이 진행중인 사업에 대해서는 조기에 보상을 완료하도록 하겠지만 그 보상이 변화된 사정에 비추어 보면 너무 적다 이런 지적이신 것 같은데, 그런 문제에 대해서는 LH공사가 가능한 범위 내에서는 보상이 충실히 이루어질 수 있도록 노력을 하고, 또 보상, 아까 하남의 경우도 말씀을 드렸습니다마는 보상을 하는 쪽하고 받는 쪽의 사이에서 말하자면 접점이 찾아지지 않는다면 그것은 법적 절차로 해결될 수밖에 없는 그런 문제입니다.

박민식 의원 주민들은 아무 죄가 없는 겁니다. 그냥 LH공사 내부의 사정 때문에 보상이 지연되어서……

(사진을 들어 보이며)

지금 이런 사진은 우리나라 곳곳에 이렇게 있습니다, 보면. 현수막 들고 재개발이다, 재건축이다, 주거환경개선 사업이다, 집 문제 때문에…… 정말 우리 사회의 큰 뇌관이 될 수 있습니다,

이것은. 어떻게 계속 그냥 뒷짐지고 가만히 계실 겁니까?

김황식 국무총리 제가 말씀드린 바와 같이 적정한 보상은 이루어져야 된다고 생각하고 그것은 원칙과 기준에 따라서 시행이 되는데, 또 그와 관련해 가지고 아시다시피 LH 측에 어떤 부당하거나 불법한 행위가 있었으면 그에 대해서는 또 LH에서 응분의 책임을 져야 되고, 그런 문제들이 지금 전국 곳곳에 산재해 있습니다.

의원님, 송전철탑은
이젠 그만 말씀하셔도 됩니다

덕천, 만덕을 경과하는 송전철탑 이야기를 하면 닭이 먼저냐 달걀이 먼저냐를 따지려는 사람들이 있다. 하지만, 송전탑이 들어서고 집이 들어섰든, 아니면 그 반대이든 누가 고압전기가 지나가는 육중한 철탑을 집 앞에 두고 살고 싶어 할까?

사실 서울만 하더라도 미관상의 이유로 전봇대조차 구경하기 힘든 게 요즘 세상이다. 그런데 어디 산꼭대기도 아닌 아파트 단지 앞으로 송전탑이 지나간다는 건 그야말로 상식에 맞지 않는 일이다.

국회의원 당선 직후부터 한전 측과 송전철탑 철거 문제로 지속적으로 협의한 결과, 2009년 1월 서울에 있는 사무실로 한전 본사 측에서 2011년까지 지중화를 완료하고 철탑을 철거하겠다

는 계획안을 가지고 왔다. 그래도 워낙에 지역 주민들의 숙원사
업이기 때문에 한전 관계자들을 만날 때마다 조금이라도 앞당
겨 달라고 신신당부를 했다.

2010년 11월 어느 날, 지식경제부 유관 협회 행사에 축사를
하러 갈 일이 생겼는데, 티타임 때에 한전 사장과 당시 실세로
통하던 지식경제부차관 등과 자리를 함께 하게 되었다. 마침 잘
됐다싶어 한전 사장에게 여지없이 늘 하던 레퍼토리를 또 늘어
놓기 시작했다. 한전 사장은 "또, 그 말씀이시네, 되고 있는데
걱정 안하셔도 돼요"라고만 말하자, 옆에서 듣고 있던 차관이
내 모습이 자못 진지하고 진실해 보였는지 "의원님, 송전철탑은

이제 그만 말씀하셔도 되겠네요. 제가 꼭 되도록 해 드릴게요"
라며 말을 거들었다. 그래서일까, 그 뒤로부터 한전에서 더욱
적극적으로 보고도 하고, 사업도 순조롭게 진행되어 갔다.

　순조롭게 진행되던 공사는 올해 5월, 공사가 70% 정도 완료
된 시점에서 예상치 못한 난관에 봉착해 버렸다. 지중화를 위
해선 우선 지상의 케이블이 지나갈 수 있도록 터널을 만들어야
하는데, 그 작업 과정에서 지역 민원이 발생한 것이다. 총 길이
1,982m 중에서 582m만 더 파면 끝나는 공사인데 말이다.
　동래 지역 주민들은 한전 측에 인접 건물 안정성, 영업 손실
보상, 정신적 피해보상 등을 요구하며 현수막을 내걸고 주민집

회를 열었다. 공사를 못하도록 막아서는 한편, 동래구청, 경찰서 등에 민원을 넣었다. 엎친 데 덮쳤다고 해야 하나, 2011년 프로야구에서의 롯데의 활약도 사직구장 인근에서 진행되는 공사에 걸림돌(?)이 되어버리고 말았다.

나는 한전 측에 즉각적이고도 적극적인 대책을 수립할 것을 요구했다. 동래구 주민들을 비롯한 구청 등에 적극적인 이해와 협조를 구할 것을 요청하는 한편, 공사구간 변경도 가능한지에 대해서도 검토하도록 했다.

지역에서는 "동래 지역에 전기를 공급하는데 왜 우리가 피해를 입어야 하냐"는 목소리가 날로 커져가며, 계속 공사가 지연되면 해당 지역에서 시위라도 하겠다는 분위기가 확산되어져 갔다. 이런 분위기를 해당 지역 국회의원에게 전달하는 한편, 송전철탑의 존속 이유는 동래 지역에 안정적인 전력공급을 위한 것인 만큼, 조속히 공사를 완공하고 송전철탑을 철거하는 것이 그동안 동래 주민들을 위해 희생한 북구 주민들의 권리를 찾는 일이라는 점을 해당 지역 국회의원에게 명확히 알렸다. 또한 북구청을 통해 동래구청 측에 이러한 사실을 인정하고 적극적으로 공사에 협조해 줄 것을 요청했다.

결국, 송전철탑 철거는 처음 계획했던 2012년 초보다 늦어질 수밖에 없게 되었다. 2011년 10월 말 현재 공정률이 75%라는 점을 감안하면 2012년 7월 전까지는 철거가 확실하다. 하지만, 하루 빨리 송전탑이 철거되기를 기대하고 있을 덕천, 만덕 주민들의 실망을 생각하니 안타깝고도 송구스러울 따름이다. 믿고 성원해 준 분들께 보답하는 길은 조금이라도 공사가 빨리 끝날 수 있도록 노력하는 거라 믿고 더욱 최선을 다할 생각이다.

교육문화회관?
예산 안 됩니다. 택도 없습니다

제2청소년 교육문화회관은 북구를 비롯한 서부산권의 학생과 청소년 그리고 지역 주민을 위한 다양한 문화공간을 확충하고자 추진했다.

문화, 예술, 취미활동 활성화 등을 통하여 동서 지역 간의 문화적 혜택의 격차를 해소하고 이를 바탕으로 지역 균형발전에 이바지하겠다는 것이 내 희망이었다.

특히나 나는 경제적 어려움이 있는 곳에 오히려 문화·교육이 자산이 될 수 있도록 혜택과 지원이 더 많이 제공되어야 한다는 믿음이 있다. 그 믿음에서 시작한 공약이 바로 부산 제2청소년 교육문화회관 건립사업이다.

부산 제2청소년 교육문화회관 예산 현황 (2011년 5월 현재)

구 분	연차별	총사업비 (단위: 백만 원)	비고
재 원 별	문화체육관광부	10,000	국고
	교육과학기술부	7,600	특별교부금
	부산광역시교육청	21,900	교육비특별회계
	소계	39,500	
	북구청	2,800	지방비, 진입도로개설
	합계	42,300	

가장 큰 공약인 제2청소년 교육문화회관 예산확보가 처음부터 벽에 부딪혔다. 사업과 관련해 주무 부처인 교육과학기술부에 타당성을 문의해 보니 일단 규모가 너무 크고, 공연장 등은 교과부에서 시행하는 사업의 목적과도 부합하지 않아 계획대로 사업을 진행한다면 예산지원은 불가하다는 답이 왔다.

그렇다고 교과부의 의견을 따를 수도 없었다. 그렇게 될 경우, 반쪽짜리 건물이 될 것이 너무나도 뻔했기 때문이다.

교과부 측을 설득하는 한편, 다른 쪽을 통해 재원을 마련할 방법을 모색했다.

우선 강당 등의 체육시설이 들어가는 만큼, 문화체육관광부를 설득했다. "우리 지역은 아무것도 없어, 교육과 문화만이 살 길이다. 많은 예산이면 몰라도 십시일반으로 도와 주는 거니 꼭 도와 달라"는 것이 내 유일한 논리였고, 들어 줄 때까지 쫓아다니는 게 유일한 전략이었다.

그 다음 설득 대상은 나와 함께 재정당국을 설득해 줄 의원들이었다. 예산을 최종 확정 짓는 계수조정소위원회 위원을 평일, 주말 가릴 것 없이 쫓아다녔다. 도와 주지 않으면 평생 미워할 거라고 협박 아닌 협박(?)까지 서슴지 않았다.

부산시도 예외일 수 없었다. 허남식 시장을 비롯해 평소에 안면이 있었던, 설동근 당시 부산시 교육감에게 "북구에 다른 것은 몰라도 교육과 문화를 위한 인프라는 반드시 갖춰져야 한다"며 끊임없이 도와 줄 것을 부탁했다.

그렇게 끈질기게 매달린 끝에 각 부처별로 예산을 확보해 냈다. 그런데 그게 끝이 아니었다. 사실상 예산의 마지막 키는 기획재정부가 쥐고 있었기 때문이다. 예산사업에 대한 평가까지 맡고 있는 기획재정부에서 이렇게 여러 곳의 기관이 매달려 만들어 낸 사업에 대해 쉽게 승인해 줄 리 만무했다. 기획재정부 내 아는 인맥을 모두 동원하는 한편, 예산심의 기간 동안 국회에 나와 있는 기획재정부 공무원이 있는 곳이면 어디든 가서 필요성을 설명했다.

결국 예산은 통과되었다. 확보해 낸 예산을 보니 속된 말로 오색찬란했다. 문광부, 교과부, 부산광역시, 부산광역시 교육청 거기다가 북구청까지 예산을 낼 수 있는 곳은 모두 예산을 내놓은 셈이었다. 선배 의원들은 물론, 기획재정부 공무원도 이 내용을 알고는 대체 어떻게 이렇게 할 수 있었냐며 혀를 내두를 정도였다.

교육문화회관에 포함될 시설들은 공연장을 비롯한 소강당, 전시실, 그리고 각종 체험활동실과 다목적 강당 등이다. 주민들의 의견을 수렴하는 과정에서 수영장에 대한 수요도 있었지만 예산의 부족과 공사현장의 여건상 수영장을 반영하지 못한 점이 아쉽다.

내년이면 공사를 완료하고 문을 열 수 있을 것이라고 보는데, 아무쪼록 힘 들인 만큼 북구가 교육과 문화의 도시로 커가는 데 있어 교육문화회관이 이바지하고, 더불어 많은 인재들이 자신의 꿈을 키워갈 수 있는 소중한 터전으로 자리매김하기를 기대해 본다.

구포시장뿐 아니라 모든 전통시장에
지원이 필요합니다

지난 4년간 지역 전통시장의 환경개선 등 현대화 사업을 위해 투자된 금액은 다음과 같다.

지역 내 전통시장 개선현황

사업명	총사업비	현황
구포시장 주차장 건립	20억	사업완료
구포시장 아케이드 건설	32.5억	3~5차 계속사업, 2011년 완료
구포시장 문화관광형 시장 지정	20억	2012년 12월 완료 예정
구남시장 하수관/배수시설 설치	30억	2009년 완료
구포시장 가스안전시설개선사업	–	가스안전공사, 완료
구포축산물시장 아케이드 설치사업	8억	중기청, 2011년 2월 완료

　나이가 좀 있는 분들이라면 어린 시절 동네 시장에 대한 추억 한두 가지쯤은 있을 것이다. 나도 구포장이 서는 날이면 친구들과 시장 구석구석을 뛰어다니며 이것저것 신기한 물건도 구경하고 조금씩 조금씩 모은 용돈으로 맛난 것도 사먹곤 하던 기억이 새록새록 하다.

　시장은 이렇듯 물건을 사고파는 장소의 역할 뿐만 아니라 이야기와 추억이 있는 장소이다. 그런데 이러한 전통시장의 설 곳이 날로 늘어나는 백화점과 대형마트, 그리고 SSM 등 때문에 나날이 줄어들고 있다. 대부분 재벌을 모기업으로 하는 이들은 막 대한 자본과 유통망을 배경으로 우리의 전통시장을 잠식해가고 있다.

전통시장은 서민의 생존터다. 연일 치솟는 물가에 파 한 단 두부 한 모 사기도 겁내는 우리네 어머니들에게 정으로 콩나물 한 줌 덤으로 더 집어주는 전통시장은 그야말로 알뜰한 살림의 밑천이다. 곁불 하나 없는 추운 겨울도 마다하지 않고 좌판을 깔고 앉아 나물을 팔고 있는 할아버지에게 그 곳은 자식 공부도 시키고, 손자들 용돈도 쥐어 줄 수 있게 해 주는 소중한 일터다.

날로 위협받는 전통시장을 육성하고 보호하기 위한 법이 반드시 필요하다. 그런 취지로 한나라당 서민대책 특위 소속 재래시장 소위원장 자리에 있으면서 전통시장의 문제점과 보호 대책을 자세히 살펴보고, 그 결과를 바탕으로 몇 가지 법안을 마련했는데 그것이 바로 조세특례법, 전통시장 및 상점가 육성을 위한 특별법 개정안이다.

전통시장을 보호하고 육성하는 법도 중요하지만, 그보다 더 중요한 것은 주민들의 관심과 사랑이다. 전통시장 중에서도 우리 지역에 있는 구포시장처럼 규모가 큰 시장은 국비도 지원하는 등 많은 지원이 가능하지만, 규모가 작은 덕천이나 만덕 등지의 시장은 지원 기준에 미달해 정부의 지원조차도 기대할 수 없는 형편이다. 구청 등에서 환경개선 등을 위해 지원은 하고

있으나, 턱 없이 부족하다.

　그렇다고 손 놓고 수수방관만 할 수는 없는 법이다. 물론 장
기적으로는 그런 중소규모의 시장들까지도 지원할 수 있는 방
안을 강구해 봐야겠지만, 당장 필요한 것은 지역 주민들의 관심
과 정성이라고 본다.
　큰 노력은 아니더라도 한 달에 한 번, 많으면 일주일에 한 번
쯤은 가족 혹은 애인의 손을 잡고 시장에 나가 이것저것 군것질
도 하고 물건도 사면서 추억도 이야기하는 그런 데이트는 어떨

까?

　별 것 아닌 사소한 노력들도 전통시장의 명맥을 잇고, 그 곳
에서 살아가는 많은 분들에게 힘을 주는 소중한 밑거름이 될 수
있으리라 믿는다.

전통시장 육성과 보호를 위해 제출한 법률안

법안명	법안내용	비고
조세특례법	전통시장 상품권의 판매촉진 및 타 지급수단과의 형평성을 고려하여 전통시장 상품권의 최초 구매자에게 소득공제 혜택을 부여하고자 함. 다만 이는 카드 단말기 보급이 미진한 전통시장의 열악한 현실을 반영한 것이므로 단말기 보급률이 개선될 때까지 3년간 한시적으로 운용	개정안
전통시장 및 상점가 육성을 위한 특별법	상업기반시설이 낙후되고 유통기능의 취약한 곳이라는 부정적 의미와 불합리성을 내포하고 있는 현재 전통시장의 정의를 재정의하고, 미등록시장의 화재방지 등을 위한 최소한의 안전시설 지원이 가능하도록 하기 위함.	개정안
전통시장 및 상점가 육성을 위한 특별법	전통시장 활성화를 위한 시장정비사업 완료 후 등록점포의 종류에 대하여 제한이 없는 제도를 악용하여 대형마트가 재정비된 전통시장에 입점하는 사례 빈발. 제한 필요	개정안

로파크? 그게 뭡니까?

부산 솔로몬 로파크 만든다
내일 법무부–시교육청 협약

법교육 활성화 및 준법 풍토를 사회 전반에 뿌리 내리기 위해 조성되는 부산 솔로몬 로파크의 건립 협약이 체결돼 본격적인 조성 공사에 들어갈 것으로 전망된다.

부산시는 9일 오전 11시 30분 시청 대회의실에서 법무부와 부산 시교육청과 함께 '부산 솔로몬 로파크 건립 협약'을 체결한다고 7일 밝혔다.

부산 솔로몬 로파크는 북구 구포동 근린공원 8,885㎡ 부지에 건 축물 2개동과 부대시설 등으로 꾸며지며 법역사관, 법체험실,

법짱마을, 저스티스홀, 전통형벌체험장, 솔로몬법정, 정보검색실, 체육관 등이 들어설 예정이다.

솔로몬 로파크는 법무부 소속 기관인 한국법문화진흥센터가 운영하는 법교육 테마공원으로 어린이·청소년과 국민들이 법을 쉽고 재미있게 배우고 체험할 수 있도록 법무부가 조성하며, 2008년 대전에 처음 세워졌으며 부산은 두 번째로 설립되는 것이다.

이날 협약식에는 허남식 부산시장, 황희철 법무부차관, 설동근 부산시교육감, 박민식 국회의원과 협약 관계자들이 참석하며, 황 차관은 협약에 앞서 부산 솔로몬 로파크 예정 부지를 같은 날 오전에 방문할 예정이다.

한편 부산시 관계자는 "대전 솔로몬 로파크의 월평균 방문 인원이 15,000명에 이르고 있어 그보다 배 이상 인구가 많은 영남지역에서 로파크가 탄생되면 중부지역보다 법교육 효과가 훨씬 클 것으로 기대된다"고 강조했다.

『헤럴드경제』 (2010년 4월 7일자)

사업명	총사업비	현황
부산 솔로몬 로파크 조성사업	197억	2011년 5월 실시설계 진행중 2012년 말 완공 예정

'법'을 주제로 한 테마파크인 솔로몬 로파크는 원래 공약사항에 없던 사업이었는데, 2008년 법제사법위원회 시절 업무보고를 받으면서 '저렇게 좋은 시설이 우리 지역에 들어오면 어떨까'라는 생각이 들어 법무부에 매달리다시피 해서 유치한 것이다.

국가 경제발전이나 국민의 지식수준 향상 못지않게 중요한 것이 법과 질서의 준수이다. 2006년 12월 한국연구개발원의 연구결과, 우리나라의 법·질서 정비 및 준수 정도는 OECD 30개국 중 27위로 나타났다. 특히 이 연구 결과에서 눈여겨봐야 할 부분은 우리나라가 만일 1991년부터 OECD 평균의 법·질서 수준을 유지했다면 매년 1% 내외의 추가적인 경제성장을 이뤘을 거라고 지적한 점이다. 결국 올바른 법치주의, 민주주의의 실현은 무형의 사회적 자본과 마찬가지인 셈이다.

법과 원칙을 지키는 신뢰사회 구현은 하루아침에 이루어지는 것이 아니다. 꾸준한 교육이 함께 수반되어야 하며, 생활습관에서 배어 나와야 한다. 이런 점들을 고려해 볼 때, 법 교육 관련 사업은 매우 필요하다. 그런 점에서 솔로몬 로파크 사업은 여러 모로 의미가 크다.

특히나 솔로몬 로파크가 완공될 경우, 기존의 어린이 교통테마공원, 그리고 현재 공사 중인 부산 제2청소년교육문화회관과 더불어 부산 북구가 명실상부한 교육 중심 도시로 거듭나는 데 더 큰 시너지효과를 불러일으켜 줄 것으로 믿어 의심치 않는다.

대전 솔로몬 로파크의 월 평균 방문 인원이 15,000명에 이른다고 한다. 부산과 다른 영남권 도시의 거리나 인구 수 등을 감안했을 때, 부산 솔로몬 로파크를 이용하는 방문객의 수는 이보다 더 많을 것으로 예상된다. 솔로몬 로파크가 북구는 물론, 부산을 대표하는 명소가 충분히 될 수 있다는 의미다. 이렇듯 부산 솔로몬 로파크가 교육적인 측면 이외에도 북구에 활기를 불어 넣을 수 있는 랜드마크로 자리매김 되기를 기대하며, 보다 나은 모습을 갖출 수 있도록 꾸준히 노력할 것이다.

잘 사는 저그 저 말고,
북구에도 뭣 좀 해 주이소

"우리 지역에 뭣좀 해 줄 거 없소? 잘 사는 저~ 말고, 우리 북구도 뭣좀 해 주이소."

공무원들 만날 때나, 기업인들 만날 때면 늘 입에 달고 사는 말이다. 빈익빈 부익부란 말이 있다. 딱 지금 우리 지역 북구에 어울리는 말이다. 부산에서도 장사하거나 사업하는 사람들은 모두 도심이나 해운대, 광안리로만 가려고 한다. 공무원들도 마찬가지다. 북구가 워낙에 지방세 수입이 적은 지역이니 국비를 가져다준들 지방비 매칭이 제대로 되질 않아 사업계획조차 선뜻 세우지 못한다.

그나마도 열심히 발품 팔고, 없는 척하고 매달려서 당초 공약

했던 사업들 외에도 솔로몬 로파크, 무장애 숲길 등의 사업예산
도 확보했고, 특허청으로부터 지식창조도시 지정 예산도 따왔
다. 비록 예산사업은 아니지만, 연탄지원, 가스콕 교체사업, 노
후 전기시설 교체사업 등도 지역의 어려운 분들에게 많은 도움
이 되었다.

특히 무장애 숲길 사업은 그동안 몸이 불편하다는 이유로 산
에 오르지 못하셨던 분들과 산을 찾는 기쁨을 함께 나눌 수 있
어서 무엇보다 기대를 갖고 시작한 일이었다.
아직 우리 사회에 장애를 가진 분들에 대한 배려가 부족하다.

그래서 그런 분들이 무언가를 하려고 하면 도와 드리기는커녕 말리려고만 하는 게 대부분이었는데, 무장애 숲길 사업의 경우는 그런 분들에 대해 적극적으로 배려하고 우선시해서 사업을 계획·시행했다는 점에서 특히 뿌듯해 했다.

잠시 다른 얘기를 하자면, 가족 중에 장애가 있는 분들, 특히 그 가족이 어리면 어릴수록 가족 모두가 고통을 당해야만 하는 것은 우리의 현실이다. 게다가 있는 재활치료병원들 대부분이 성인치료에만 전문화되어 있어 어린아이의 경우는 제대로 된 치료를 받지 못해 병을 키워가는 경우가 허다하다.

세밑 추위가 기승을 부리려던 2011년 12월, FTA로 냉랭하기

만 했던 여야 사이에서 오랜만에 여야 의원 8명이 좋은 낮으로 의원회관에서 만났다. 바로 푸르메 재단이라는 단체에서 진행하는 어린이재활병원 건립기금 기부행사 때문에 모였는데, 그 자리에서 출판기념회 원고료, 세비 등을 십시일반 모아 1,200만 원가량을 기부했다.

우리 사회도 이제 기부문화가 자리잡혀 가고 있는 것 같다. 개인적으로는 5년쯤 전에 마음속으로 '몇 년 후에 1억 원은 기부해야겠다'는 생각을 갖고 있었는데, 아직은 솔직히 목표를 다 달성하지는 못했다.

푸르메 재단 기부행사 후, 트위터에도 올렸다시피 '왼손이 한

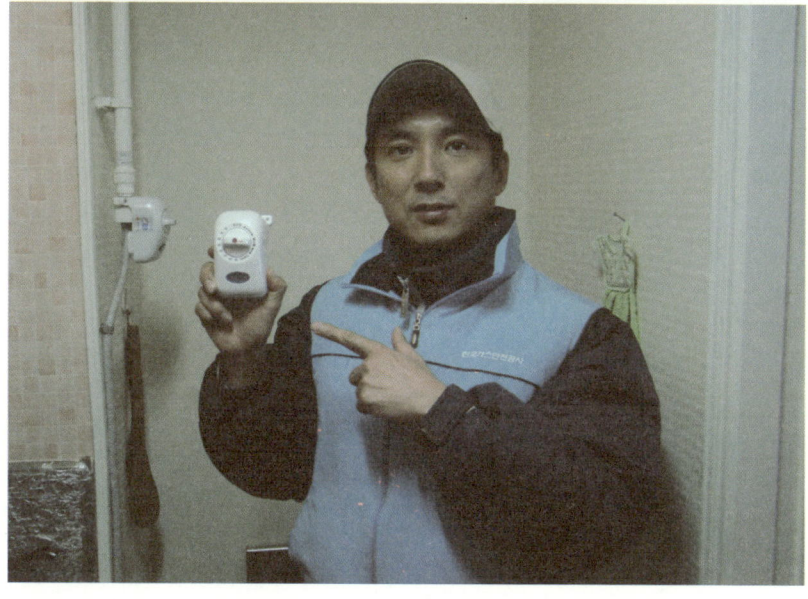

일을 오른손이 모르게 하라'는 말이 '많이 자랑해도 좋으니 자랑할 일을 많이 하라'로 바뀌었으면 좋겠다. 그 만큼 기부문화가 우리 사회에서 일반화 되고 널리 퍼져나갔으면 좋겠다는 의미다.

금액이나, 규모 면에서 국비로 하는 저소득층 지원사업에 비할 바는 아니지만, 연탄 지원 사업도 일종의 기업의 사회적 공헌의 일환으로 이뤄지고 있다. 도와 드리는 입장에선 너무 사소해 부끄러울 정도지만, 저소득층에 대한 연탄 지원, 노후 전기시설 교체 사업 등도 현장에서 그 분들이 기뻐하시는 모습을 보면 몇 백억짜리 사업 못지않게 보람찬 일들이었다.

사실 우리 지역뿐만 아니라 지방은 여러 모로 중앙정부의 재정적 지원을 끌어내기가 어렵다. 지방에서 시행되는 사업들 대부분이 국가 재정과 지자체 재정이 함께 투입되어야 하는데, 수도권의 지자체를 제외하고 그 부분을 감당할 여력들이 대부분 없기 때문이다. 그러다 보니, 우리 주위에 힘든 이웃에 대한 지원마저도 지역마다 편차가 큰데, 이럴수록 지역사회를 중심으로 한 기부문화가 지속적으로 확산되어져 갔으면 하는 바람이다.

특목고에서
자율형 공립고로

낙동고등학교가 자율형 공립고등학교로 선정된 것을 진심으로 축하드립니다.

지난 해 기준으로 최근 3년간 대한민국에서 제일이라는 서울대에 입학한 부산의 학생들은 총 341명이었습니다. 그 중 서부산권이라고 일컬어지는 북, 사하, 사상, 강서, 서구의 학생 수는 98명으로 전체의 30%에도 못 미쳤습니다.

비단 서울대뿐만 아니라 일반대학 합격률도 비율만 다를 뿐 합격률이 낮고, 교육격차 때문에 서부산권에서 동부산권으로 264명이라는 학생이 전학을 가는 이런 현실을 구체적인 수치는 몰랐을 뿐이지 대부분 알고 계셨을 겁니다.

 동서간의 교육격차는 해소돼야 합니다. 국회의원이 된 이후 지금까지 동서간의 교육격차 해소와 지역의 교육환경 개선은 저에게는 가장 큰 숙제였고, 이를 위해 다양한 방안을 두고 백방으로 노력해왔습니다.

 지난 8월 1일, 성도고등학교가 교과교실제 시범학교인 '교육과정 혁신학교'로 선정된 이후, 24일 낙동고등학교가 자율형 공립고로 선정되었습니다.
 특히 자율형 공립고는 전국 최초이자 설문조사와 의원실 자체적인 의견수렴의 결과 지역 주민들의 높은 기대를 담고 있어 자못 의의가 큽니다.

　자율형 공립고란, 자사고와 마찬가지로 학교는 교육과정에 대한 자율편성권을 갖고, 학생은 스스로의 소질과 적성·능력을 개발할 수 있는 기회가 확대되며, 기존 공립학교의 저렴한 학비를 적용한 학교를 말합니다. 더불어 교육당국과 지자체가 함께 행정적, 재정적 지원을 실시함으로써 지역중심의 학교로 커나갈 수 있는 학교를 말합니다.

　120~140만 원(일반고교 동일)의 수업료지만 맞춤형 교육을 받을 수 있는 자율형 공립고가 연간 수업료만 320~450만 원에 달하는 특목고보다 북구에 더 적합할 것입니다. 학교는 북구에 있지

만 북구 학생이라곤 손에 꼽을 특목고 유치보다는 50% 이상의
학생을 북구 학생들로 채울 수 있는 자율형 공립고가 북구 발전
에 더 이바지할 것이라 기대합니다.

북한 미사일,
박연차 게이트

존경하는 국민 여러분!

유례없는 경기 불황에, 북한의 미사일, 박연차 게이트 정말 모든 것이 혼란스럽습니다.

이런 때일수록 정치가 새로운 길과 비전을 드려야 되는데 그러지 못해 정치인의 한 사람으로 항상 송구스럽게 생각하고 있습니다.

존경하는 선배 · 동료 의원 여러분!

저는 우리 정치가 국민의 신뢰를 얻을 수 있다면 북한의 미사일도 능히 이길 수 있다고 생각합니다. 공자님도 정치에 있어서 가장 중요한 것은 무기도 아니요, 밥 먹는 것도 아닌 바로 국민의 믿음이라고 하지 않았습니까? 정치가 국민의 믿음을

확보하기 위해서는 무엇보다도 관용과 절제가 있는 정치문화를 만들어야 합니다.

너 죽고 나 죽자 식은 더 이상 안 됩니다. 너는 빵점, 나는 백점의 룰도 더 이상 안 됩니다. 자신을 위해서라도 조금씩 양보를 해야 됩니다. 이런 정치문화가 가꾸어져 있을 때에야 비로소 우리 국회에도 새로운 희망을 기대할 수 있습니다.

남북 관계도 마찬가지입니다. 정치권이 서로 갈등하고 반목만 할 것이 아니라 여야의 목소리를 하나로 모아 북한과 대화한다면 지금보다 훨씬 나은 관계를 이어갈 수 있다고 생각합니다. 그리고 그 위에서 진정한 국민의 신뢰와 민족의 번영이라는 싹이 틀 것입니다.

〈2009년 4월, 제282차 본회의 정치 분야 대정부 질문 중〉

초선이 쓴 부끄러운
제헌절 의정보고서

2009년 7월 16일, 제헌절을 하루 앞둔 날에 국회는 그야말로 전쟁터였다. 미디어법을 둘러싸고 여야가 한쪽은 국회 본회의장 안에서, 한쪽은 국회 본회의장 밖에서 밤샘 대치중이었다. 착잡한 마음에 잠을 이루지 못하고 본회의장 여기저기를 둘러보았다. 불빛을 피해 의자 밑에서 잠을 청하고 있는 의원과 양복에 운동화 차림에 생각에 잠긴 듯 걷고 있는 의원들이 보였다. 다른 한편에서는 담요를 두른 채, 야식으로 허기를 달래는 의원들도 보였다.

소위 국민을 대표하는 국회의원인데 꼴이 말이 아니었다. 그런 생각을 하고 있는 나조차도 그러했다. '내가 지금 여기서 무엇을 하고 있나?' 하는 생각이 들었다. 이러려고 국회의원이 된 것은 아닌데, 벌써 1년째 치고 받고 싸우는 생활에서 한 걸음도 나가지 못하고 있었다. 하지만 더 참기 힘든 것은 '현실정치가 다 그런 거지'라며 스스로에게 변명을 하고 있는 나 자신이었다.

그나마도 의원들을 개개인으로 만나면 서로 '대화'가 되는 것은 희망적이었다. 하지만, 당론이 정해지면, 어느 순간엔가 강경 일변도로 바뀌어 버리는 모습에서 과연 정당정치의 본질이 무엇인가라는 생각마저 들었다.
또한 대화와 토론의 여지도, 또 설령 대화와 토론을 거쳤더라도 물리력으로 상습적으로 그 결과를 뒤집으려 한다면 어떻게 대한민국을 의회민주주의 시스템을 가진 나라라고 말할 수 있는가라는 생각이 들었다.

여야 가릴 것 없이 모두의 지향점은 '국민을 위한 정치'라고 말한다. 하지만 과연 지금의 대한민국 정치가 향해 있는 길이 과연 국민인지 솔직히 모르겠다. 확실한 한 가지는 '국민들 그리고 나를 국회에 보내 준 지역구 주민들'에게 죄송한 마음이 든다는 사실뿐이었다.

다음 날, 본회의장을 나오면서 '지난밤의 기억은 지우고 싶다. 의정보고서에 대한민국 국회의 부끄러운 자화상을 어떻게 기록해야 할지 두렵다'라는 생각에 무겁게 발걸음을 옮겼다.

여야가 이렇게 대립하던 7월을 전후로 각각 5월과 8월, 우리는 갑작스럽게 두 분의 대통령을 저 세상으로 떠나보냈다. 일반 국민들은 물론, 사회 각계각층에서 그 분들의 빈소를 찾아 조문했다. 슬픔을 애도하는 데에는 여야가 없었다.

그 때 문득 '얼마나 더 많은 사람을 아프게 하고, 얼마나 더 큰 슬픔을 겪어야만 대한민국 정치권이 대화와 타협 그리고 관용의 장으로 거듭날 수 있을지…' 그런 생각이 들었다.

삶과 죽음이 모두 자연의 한 조각이 아닌가.
가슴이 아려옵니다.

당신을 만난 적이 없어도
그 고통을 조금이나마 이해할 것 같습니다.

당신과 생각이 다른 것도 많았지만
당신으로부터 배울 점도 많았습니다.

세상으로부터의
박수도, 손가락질도

이제 모두 잊고 평안한 안식에 드시길
깊이 머리 숙입니다.

천안함_
진정한 애국심은
국가로부터 나온다

2010년 3월, 백령도 근처 해상에서 해군 초계함인 천안함이 침몰되었다. 그리고 나는 실종된 장병들의 무사귀환을 기원하며 이런 글을 적었다.

천안함 실종 장병 여러분의 무사귀환을 기원합니다.

천안함 침몰 이후 이틀이 되었지만
아직 4명의 장병들의 생사가 불분명합니다.
촌각을 다투는 일에 더디기만 한 상황진척이
정말 안타깝습니다.

하지만 희망을 끈을 놓아선 안 됩니다. 놓지 않겠습니다.

해군도 이론적으로는
실종자들이 생존해 있을 수 있다는 분석을 내놓았습니다.
그 가능성이 현실이 되기를…
그게 아니라면 기적이라도 일어나기를…

국회의원의 심정이 아닌
38년 전 월남에 가신 아버지가 무사히 돌아오길 바라던
어린아이의 순수하고 간절했던 그 심정으로
46명, 장병 여러분 모두의
무사귀환을 간절히 기원하겠습니다.

〈2010년 3월〉

천안함 침몰이 일어난 지 얼마 되지 않아, 정치 분야 대정부 질문을 위해 본회의장에 섰다. 당시 천안함 침몰과 관련해 그 원인과 우리 군의 대응태세와 관련해 국회 안팎에서는 수많은 논쟁들이 벌어졌다. 하지만 나는 그것보다 더 중요한 것이 살아남은 군인 장병들과 영영 돌아오지 못할 장병들의 가족에 대한 예우라고 생각했다.

나는 대정부 질문 자리에서 당시 총리로부터 나라를 위해 희생한 분들에 대해 "정신적, 물질적인 것을 포함해 국가가 할 수 있는 모든 예우를 다하겠다"는 약속을 받아냈다.

하지만 현실은 아직도 제자리걸음일 뿐이었다. 2011년 10월, 언론에 "6·25 전쟁 전사자들의 사망보상금 5,000원"이란 기사가 났다. 이렇듯 우리 정부는 대한민국을 위해 희생한 사람들에게 고마워하면서도 정작 그에 합당한 예우와 보상에는 아직도 인색하다.

이것이 바로 2002년 서해교전 당시 사망한 고(故) 한상국 중사의 부인은 2005년 외국으로 이민을 떠나면서 남긴 "이런 나라에서 어떤 병사가 목숨을 던지겠느냐"는 말이 더 뼈아픈 이유다.

진정한 애국심은 국가로부터 나온다는 사실, 과연 정부만 모르는 불편한 진실일까라는 생각이 든다.

존경하는 국민 여러분, 그리고 선배·동료 의원 여러분!
38년 전 저희 아버지는 월남전에서 적군의 총탄에
유명을 달리하셨습니다.

비록 철없던 일곱 살이었지만
제 아버지가 군인으로서
나라를 위해 돌아가셨다는 사실은
무엇보다 큰 자부심이었습니다.

국가 유공자 가족으로서

조국이 우리 가족을 돌보아 준다는 사실이
자랑스러웠습니다.

그러나 지금의 대한민국이
자라나는 다음 세대에게
자랑스러운 우리나라가 될 수 있을까 반문해 봅니다.

〈2010년 4월, 제289차 본회의 정치 분야 대정부 질문 중〉

대한민국의 국격

1950년대 1인당 국민소득 67불의 가난하고 힘없는 대한민국이 불과 반세기만에 소득 수준 2만 불의 경제대국이 된 것을 보고 전 세계는 이를 '한강의 기적'이라고 했습니다.

대한민국의 외형은 이렇듯 훌륭하게 성장했습니다.
그러나 대한민국의 얼굴이라고 할 수 있는 정치권의 격, 특히 국민들에게 활력을 불어넣을 수도 있고 반대로 분열과 혼란을 야기할 수도 있는 정치인의 말의 수준은 어떻습니까?
책임은 아랑곳없이 오직 상대방을 거칠게 비난하고 대중의 호기심에 영합하는 도구로만 쓰이는 것이 우리 정치 언어의 현주소입니다.

"세 사람이 모여 입을 맞추면 없는 호랑이도 만들어 낸다"는 속담이 있습니다.

사회를 혼란케 하는 유언비어들을 경계하는 데 앞장서야 할 정치권이나 언론이 삼인성호(三人成虎) 식 말 만들기에만 열을 올리고 있는 것이 안타깝지만 솔직한 우리의 모습입니다.

정치인에게 말이 금과옥조(金科玉條)와도 같은 것은 그 말에 의해 본인이 평가받기 때문만이 아니라 나라와 국민들의 미래가 정치인의 바로 그 말에 달려 있고 나아가 대한민국의 국격 또한 그 말의 수준에 의해 결정되기 때문입니다.

〈2010년 11월, 제294차 본회의 정치 분야 대정부 질문 중〉

지방이 대한민국의 경쟁력이고
대한민국이 사는 길이다

눈을 감고 우리 지방의 실상을 곰곰이 돌이켜 보십시오.

정말 우리 고향, 우리가 나고 자라고 묻혀야 할 우리의 고향이 지금 쓰러져가고 있습니다. 경제·교육·문화, 모든 면에서 적막강산 빈껍데기로 전락할 지경입니다.

사람도 돈도 모두 모두 서울로, 수도권으로 몰려가고 희망이 사라진 지방에는 절망의 한숨만 가득합니다.

희망 없이 하루하루를 살기에 급급한 그곳이 대한민국 제2의 도시 부산이라고 한다면 다른 곳은 물어볼 필요도 없습니다.

신공항 사태의 과정과 결말을 지켜보면서 '국가이익'이라는
도대체 정체 모를 용어의 막강함에 새삼 놀랐습니다.

왜 지방의 희생이 국가이익과 동의어로 이해되어야 합니까?
왜 지방의 뼈아픈 하소연이 철없는 사람들의 이기심으로
폄하되어야 합니까?
지방 없는 대한민국이 어디 있고 대한민국 없는 지방이
어디 있습니까?

제발 양자택일식의 이분법적 잣대를 더 이상 들이대지
마십시오.

지방이 대한민국의 경쟁력이고 대한민국이 사는 길입니다.
우리 대한민국은 지방분권이라는 헌법적 가치에 따라
올바른 길을 걸어가야 합니다.

〈2011년 4월, 제299차 본회의 정치 분야 대정부 질문 중〉

FTA,
이제는 든든한 후속조치가
필요한 때다

한미 FTA 비준 동의안이 통과되기 전, 지역구에서 2~30대들에게 FTA가 왜 서민을 힘들게만 한다고 생각하느냐 물어봤더니 "구체적 이유는 모르겠지만 그런 느낌이 든다"는 식으로 대부분 대답했다. 한 마디로 잘 모르지만 해선 안 될 것처럼 자리매김된 것이다. 이유를 막론하고 정부와 여당의 잘못도 크다. 지속적인 홍보와 제대로 된 정보를 국민들에게 적극적으로 제공했어야 했는데, 내용을 보면 '무조건 옳고 좋은 것이니 무조건 믿고 따르라'는 것밖에는 없었다.

하지만 어느 순간 안희정 지사의 말처럼, 한미 FTA는 통상과 개방의 문제가 아닌 선악의 문제로 변질되어 버렸다. FTA에 찬성하면 매국노, 반대하면 애국자라는 이분법적인 사고가 대한민국에 자리잡아 버렸다.

실제로 비준 동의안이 처리된 후, 향후 비준안에 대한 구체적인 내용들이 어떻게 정리될 것이며, 어떤 보완책이 더 필요한지에 대한 분석 기사는 거의 찾아 볼 수 없었다. 대신, 어떤 언론은 찬성 의원의 사진과 이름을 달아 1면에 게재했고, SNS에서는 그 기사에 매국노의 사진과 이름이라는 제목이 달려 퍼져나가고 있었다.

FTA든 ISD든 그 자체가 악이고 또 독이 든 사과라면, 그리고 그것이 나라를 팔아먹는 일이라면 국민이 뽑아 준 전혀 다른 두 정권에서 똑같이 매달릴 이유가 있었을까?

지금의 대한민국에는 이분법적인 사고가 너무 만연해 있는 것이 아닌가라는 생각이 들었다. 사실 너 아니면 나, 적 아니면 동지가 고민 없이 살기에는 편하다.

하지만 최소한 단 한 명의 표를 받아 당선된 국회의원이 아니라면, 하나의 입장만을 고수하고 배타적이 돼서는 안 되는 것 아닌가? 그리고 갈등 해결의 주체가 아닌 갈등 조장의 주체가 되어선 안 되는 것 아닌가.

다시 FTA 문제로 돌아와 보면, 이제 정치권이 할 일은 거리에 나가 어찌될지 알 수 없는 10년, 20년 후를 예상해 내놓는 소모적 비판보다 눈앞에 닥쳐온 FTA라는 현실에 대비한 든든한 후

속조치를 마련하기 위해 서로 머리를 맞대고 지혜를 모으는 것
이다. 그것이 FTA에 찬성한 분들, 그리고 또 다른 이유로 반대
한 분들 모두를 위한 길일 것이다.

SNS,
사상과 표현의 자유가 갖는
아이러니

"실망하셨다고 말씀하신 분들은 제 해명에 대해서
별로 귀담아 들으려고 하지 않는구나."

한참 SNS에 익숙해져 갈 무렵, 정치인에게 SNS는 양날의 검
과도 같다는 사실을 뼈저리게 느낀 두 가지 사건이 생겼다.

처음에는 같은 당 의원이 발의한 '전기통신사업법 일부 개정
법률안'이 마치 SNS 사전검열을 가능케 하는 법 개정인 것마냥
모 언론에 적은 기사가 일파만파 퍼져나가면서 욕을 먹었다. 물
론 법안의 취지는 사전검열이 아닌 스마트폰을 통해 누구나 무
료로 이용하는 유튜브나 카카오톡 등에 대해 통신사들이 차별
적인 대우를 하지 못하게 하는 것과 스마트폰을 이용한 불법행
위를 막는 데 있었는데도 말이다. 그리고 그로부터 얼마 후 있

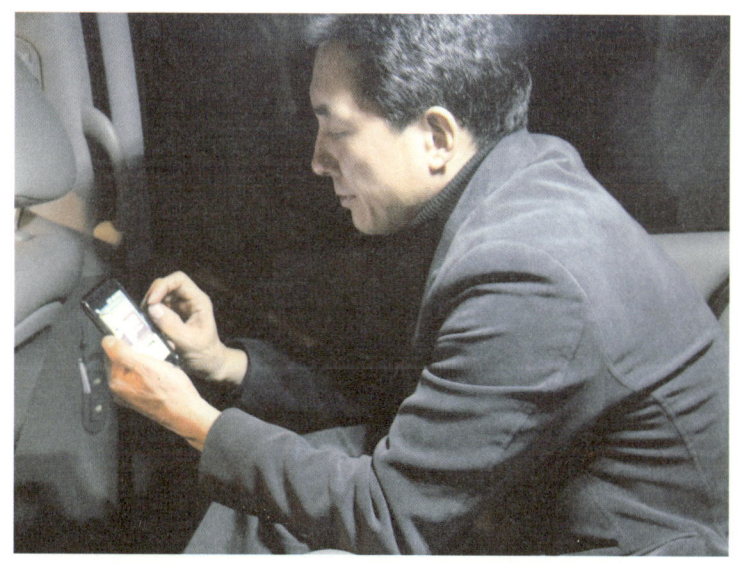

었던 FTA 비준안 통과에 찬성표를 던졌다는 이유로, 그야말로
입에 담지 못할 욕까지 들어야 했다.

　아이러니하게도 SNS를 이용하는 사람들은 대부분 사상과 표
현의 자유를 최상의 가치로 여기는 데 반해 또 그만큼 사상과
표현의 자유 때문에 사람이 곤란해지는 게 바로 트위터나 페이
스북과 같은 SNS 공간이다.

　글을 쓰다 보면 수십 번을 고칠 수 있다. 하지만 SNS라는 것
은 그렇지 않다. 한 번 쓰면 끝이다. 한 번 내뱉은 말은 주워 담
을 수 없듯이 말이다. 무시무시한 건 발 없는 말이 천리를 가는

데 그 속도가 '찰나'라는 점이다.

더 큰 문제는 이렇게 퍼져가는 과정이 대부분 시작과 끝만 있고 과정이 없다는 것이다. 쉽게 말하면, "저 놈, 나쁜 놈"이라고 누군가가 말하면, 그 말은 전달에 전달을 거듭해 "죽어라"로 마무리되는 식이다.

그런데 누구도 '저 놈'이 최소한 왜 나쁜지, 대체 무슨 잘못을 저질렀는지에 대해선 통 관심이 없고 논하지도 않는다. 만일 논할라치면, 똑같이 나쁜 놈으로 매도당하기 십상이다.
법원에서조차도 아무리 죽을 죄인이라도 변호할 기회를 주는데, 사상과 표현의 자유를 보장해 달라는 SNS에선 그조차 없을 때가 많다. SNS에 대한 본질적인 문제점은 바로 이런 거다.

정치권에 대해 대화와 타협하고 서로 간에 관용을 보여 줄 것을 요구하는 목소리가 계속 높아지고 있다. 하지만, 그건 이 사회도 그리고 보이지는 않지만 하나의 사회로 인정되는 SNS도 마찬가지다.

안철수와
고복격양(鼓腹撃壤)

　　2011년, '안철수 바람'이 휩쓸고 간 국회는 그 어느 때보다 황량해 보였다. 정부와 여당만의 문제가 아니었다. '안철수 신드롬'은 정당정치를 포함한 기존 정치권이 해 오던 모든 것들에 위협을 가해왔다. 분명히 기존 정치권은 이를 기회로 쇄신하고 변화해야 한다. 더 이상 정치가 '정치인들만의 리그'가 아니라는 점을 깨달아야 한다.

　　그러나 한편으로는 우리 사회가 너무 정치과잉으로 치닫고 있는 것은 아닌지 우려스러운 생각이 든다. 정치인은 모든 세상을 정치적으로 보고 해석할 수밖에 없는 입장에 서 있다. 하지만 정치인들이 못 미덥다고 해서 국민들마저 정치에 매몰되어 똑같이 논쟁하고 대립한다면 과연 우리의 미래는 어찌될지 참으로 갑갑하다.

　이 모든 잘못의 책임이 국민에게 못난 모습만 보여 온 정치권
에 있겠지만. 고복격양(鼓腹擊壤)이라는 말이 절실한 때다.

　최근에 스티브 잡스가 생을 마감했습니다.
　그가 누구인지, 또 그가 남긴 것이 무엇인지,
　여러분이 잘 알고 계실 겁니다.
　그는 살아생전에 그저 고집불통의
　완벽주의자였을 뿐입니다.

　하지만 그가 떠난 지금 우리는 그를 추모하며
　본받으려 하고 있습니다.
　그 이유는 바로 그가 끝까지 자신의 자리를 지키며,
　최선을 다했고, 결국 전 세계 어느 정치인이나 지도자도
　이루어내지 못한 변화를, 그리고 혁신을
　이루어냈기 때문입니다.

　하지만 지금 우리 대한민국의 현실은 어떠합니까?
　진정한 혁신의 노력과 건전한 비전을 제시하기보다는
　오로지 ‘권력잡기’에만 급급합니다.
　자신의 위치에서 최선을 다하기보다는

'바꾸자'고만 외치고 있습니다.

무조건 변화가 능사입니까?
묻지마 개혁이 필수입니까?

아닙니다.
우리 사회에는 앞장 서 깃발을 들고 나가야 할
인재도 필요합니다.

하지만, 세상은 묵묵히 자기 일에 최선을 다하는 분들의
땀과 정성이 모여 시나브로 변화되는 것입니다.

제아무리 국가가 위기이고, 세상이 어지럽다고 해서,
너나 할 것 없이 꼴 베던 낫까지 들고
정치판으로 나가 버린다면
과연 "소는 누가 키우나" 걱정일 따름입니다.

〈2011년 10월, 제303차 본회의 정치 분야 대정부 질문 중〉

자 인권보장 방안 마련을 위한 정책토

의원회관 소회의실 |주 최| 한나라당 인권위원회 · 한나라당 범죄피해자구